비가 오면 열리는 상점

雨天營業的商店

The
Rainfall
Market

劉永光

尹嘉玄 譯

「試著在別人的烏雲中當一道彩虹。」

——馬雅・安傑洛（Maya Angelou，詩人）

前言

吱吱……吱吱……

「這台怎麼又故障了。」

世琳操作著一台時下幾乎再也找不到的老舊收音機，最終忍不住狠狠拍了它一下，發出「啪」的一聲。

「受北太平洋高壓影響，下週起全國將有降雨……」

雖然不曉得是什麼原理，但收音機又可以正常收聽了，傳出氣象主播的新聞播報聲。

世琳差點把就快壽終正寢的收音機掉落在地。

終於，期盼已久的雨要下了。

而且只要下雨，「能夠出售自身不幸的商店」便會開張營業。

目錄

Episode 1 怪聞

彩虹小鎮上的某間老舊廢墟。

不知從何時起，開始流傳一個關於這間廢墟的怪異傳聞，只要把自己的故事寫成信寄過去，某天就會收到一張來歷不明的門票；而傳聞的後半段更是荒誕離奇，只要拿著那張門票，在梅雨季開始的第一天去一趟廢墟，就能將人生變成自己想要的樣子。

「不可能。」

「現在還有誰會信這種故事？」

起初，原以為這應該只是一個為了好玩而編造出來的流傳故事，但是傳聞就像長了腳一樣愈傳愈遠，而且還愈來愈具體。

儘管傳聞細節有些不同，但是大家聽到的故事都有一個共同點。

「是真的，我有親眼看到呢！」

那些聲稱親自去過廢墟的人都說，他們在那裡遇見了一些長得像人類卻又絕對不能說是人類、自稱是妖怪的生物，而且這些人像是事先說好似的，異口同聲地說自己去的地方是妖怪們聚集生活、充滿神祕氛圍的隱藏地點。

「簡直胡說八道。」

當然，人們沒有輕易相信這種怪異的故事，但是和世琳一樣展現極大興趣的人也不在少數。當周遭有人在談論妖怪、門票時，大部分人都會嗤之以鼻，但世琳是會放下正在用餐的湯匙，完全投入這項傳聞當中的人；因此，現在的她也坐在圖書館最角落的位子上，閱讀著好不容易才預約到的書籍──《妖怪商店的祕密》。

這本書從封面看就非比尋常，乍看也能看得出出版社的用心，因為是用不同光線和角度會變色的特殊紙材製作而成。世琳試著用不同角度觀看封面許久，「終於揭開傳聞的真相」諸如此類的文案吸引了她的目光，最醒目的無疑是封面上蓋著大大的紅色暢銷書標示，即使是像世琳這種與閱讀八竿子打不著邊的人，看見這本書也會忍不住想要拿起。

這是一本新書，卻仍有著被很多人摸過的痕跡，彷彿是在證明它的高人氣似的。世琳努力按捺住興奮不已的心情，小心翼翼地翻開封面。

「呃，這什麼啊……」

封面背後是一張作者笑得很不自然的照片，但是被人用粗油性筆畫上了一副眼鏡，還將牙齒塗抹成黑色，所以已經難以辨別原本的長相。

內頁的狀態也好不到哪去，不僅有各種塗鴉，還有匆忙記下電話或帳戶數字的痕跡，用鉛筆在文字底下劃線反而成了最善待這本書的行為，因為甚至還有看見黃黃、硬硬的東西不時出現在內頁上。世琳不斷提醒自己努力不要去看那些髒東西，反正重要的是內容。

所幸內容從一開始就引人入勝，第一部分簡單講述了作者是在什麼因緣際會下走入妖怪商店，他介紹自己難以啟齒的過往，並表示曾有一段時間是過著經常出入監獄的無望人生。

「看來這位作者也和我一樣是個可憐人。」

作者坦言，出獄後決心要改頭換面、重新做人，但是不論怎麼求職都處處碰壁，使他度過了一段身心俱疲的時光。

後來，有一次他為了看招聘廣告而在路上拾起一份報紙，卻看見上面寫著一則奇怪的廣告：「請將你的故事寄給我。」不久後，他帶著怨嘆身世的心情，將內心煩惱寫成信，結果驚人的是，他收到了邀請至奇怪商店的門票。

「我也會收到門票嗎？」

世琳嘗試拿作者的過去與自己的現在做比較，但很快就選擇放棄了；因為難以區分優劣，更何況現在煩惱這件事也未必有答案。

書籍很快就閱讀到中半段，隨著章節轉換，介紹了許多作者遇見的妖怪其特徵以及商店的大略規模，甚至還有附上地圖，彷彿是在看觀光導覽手冊一樣整理得十分完整，假如真的想要實地走訪會認為很受用，但是沒有吸引世琳的目光太久，部分原因是正值慵懶午後，所以開始感到濃濃睏意。世琳沒有忍住哈欠。

「哈唔～」

直到書籍的後半部，作者才仔細講述自己選擇的幸福以及實際上是如何實現，他想要成為知名作家，並且就在寫完《妖怪商店的祕密》這本書的原稿後過沒多久，順利和一間在業界名聲響亮的出版社完成簽約，而結果就如同書封上呈現的那樣。然而，原以為就此結束的尾聲，竟放了一張附錄。

「就是這個。」

附錄內容才是世琳最感興趣的部分，也是她借這本書的理由，她感覺自己終於擺脫瞌睡蟲，重新醒了過來。

附錄詳細介紹著如何將自身故事寄至妖怪商店的技巧，那是作者與到訪過妖怪商店的人交談後加上自身經驗整理而出的內容，他充滿自信地主張這些內容頗具可信度。

「我的筆呢？」

世琳把寄出故事的注意事項，以及適合拿來參考的重點抄寫在小手冊裡。

根據作者提點，與其勉強編造大量故事，不如誠實寫出自身處境，這會是最好的方法。不管信或不信，妖怪們都能看穿人類的內心，所以作者強調，要是說謊會立刻被妖怪識破。除此之外，作者還提出各種根據舉證，用邏輯化的方式說明，比起文筆，妖怪會更注意細看來信者的現況。

「這些內容真的可信嗎？」

最後作者表示自己也是在想要放棄一切的情況下，透過妖怪商店翻轉人生，所以假如閱讀這本書的人當中有人同樣在經歷困難的話，不妨嘗試看看，然後就為這本書畫下了句點。

世琳回到教室以後實在難以專心上課。

不是因為一年四季都身穿改良韓服的老師腋下破了一個大洞，也不是因為他那為了遮住地中海禿的側邊頭髮滑落，在眼前不停搖晃。

而是因為午餐時間連營養午餐都沒吃就去閱讀的那本書。

老師口沫橫飛地認真講解，彷彿要將整個黑板用粉筆塗滿似的寫著密密麻麻的重點，然而，世琳的心思全放在妖怪商店。

「什麼鬼妖怪。」

世琳像是要試圖拋開雜念似的搖了搖頭，然而，雜念不僅沒消失，反而引來老師的注意。

「金世琳，不專心上課嗎？」

世琳這下才意識到老師正在看自己，連忙道歉。

「不好意思……」

老師面露不悅地整理了凌亂的頭髮，最後再調整了一下金框眼鏡，將其重新戴好，然後繼續講課。然而，隨著粉筆老是斷裂，氣得他對著黑板生氣，抱怨最近怎麼什麼東西都偷工減料。

世琳滿臉通紅，頭低到不能再低，彷彿都是自己的錯。

有些同學只是瞥了世琳一眼，並沒有特別展現興趣；世琳也對此早已習慣，泰然接受。

世琳回到家以後開啟小檯燈，然後一如往常地調著老舊收音機頻道，最終停留在自己喜歡的音樂頻道。

這台收音機原本是時髦的紅色，但是隨著歲月流逝，變成了洗碗用的橡膠手套顏色，以它的年資來說原本還算堪用，但是最近可能壽命將盡，需要對它「動手」才會正常工作。

「最近怎麼老是這樣。」

儘管如此，她仍無法丟棄這台宛如古董的收音機，理由只有一個。

因為這是爸爸留下來的唯一遺物。

她對爸爸沒有任何記憶，爸爸是在她很小的時候因故離世，媽媽曾經動過好幾次丟掉收音機的念頭，但是因為世琳堅持要自己使用，所以只好按照她的意思把收音機留給她。

收音機是世琳唯一談心的朋友，也是填補她內心空缺的另一個家人。

到了傍晚十點鐘，收音機裡傳來她最喜歡的節目開場音樂。

「大家好，今天晚上也將由我來陪伴各位……」

主持人的聲音一如往常地沉著而溫柔。平時的世琳會更專注聆聽，今天卻怎樣都辦不到。世琳將回家路上購買的信紙攤放在書桌上，拖著下巴，陷入沉思。原子筆在她的手指間旋轉，不停從手上掉落至桌上又撿起。

「好的，接下來是『閱讀故事的男子』時間。」

世琳在寫作方面始終沒什麼天賦，她也曾多次寫下自己的故事寄到現正收聽的廣播節目，但每次都只是徒勞。自從經歷過幾次「說不定」變成「果然是」以後，她學會了不如直接放棄還比較簡單。

世琳聽著收音機邊發呆邊打發時間，她像是終於下定決心似的，調整好姿勢重新坐好。

雖然下週就要開始期中考了，但她今天想要暫時忘記這件事，取而代之的是專注在寫自己的故事。她翻看著白天抄寫的筆記，重新回想。

「作者說要盡可能誠實地寫，對吧？」

世琳沒頭沒尾、毫無保留地將自己難以啟齒的故事統統寫下。

包括現在是和媽媽兩人相依為命；家裡曾經發生過一場大火，所以本來就不是很好的家境，現如今更只能住在暗不見光的半地下室裡；因為沒錢買校服，只能穿別人的二手衣上學；唯一的弟弟自從去年離家出走以後就音訊全無等，諸如此類的故事。

「剛才的故事真令人痛心，但是希望你不要過分自責，因為光是撐到現在就已經很棒了。」主持人在廣播節目中說道。

世琳以電台廣播聲音為背景，將自己的故事盡情揮灑在信紙上，不知不覺間，時間已經來到凌晨。世琳把修改多次的信放進信封裡，然後仰躺在鋪著老舊毛毯的地板上。

也不曉得媽媽是什麼時候回來的，她連腰都無法好好舒展開來，蜷縮著身體睡在世琳的身旁；推測應該是晚上結束餐廳工作後回到家，擔心妨礙到女兒讀書，所以才刻意不出聲、悄悄地睡著。

世琳戴著耳機，把收音機挪移至床頭邊，收音機裡正傳出她最喜歡的歌曲：

〈Tomorrow better than today〉

由於世琳已經哼唱過太多次這首歌曲，所以只要聽到前奏，她就能自動唱出歌詞。

世琳在心中默默哼唱，闔上雙眼。

也許是因為甜美的旋律所致，抑或是純粹因為時間已晚，世琳才剛躺下沒多久，就陷入沉睡。

Episode 2 可疑的一封信

其實世琳並沒有抱太大期待。

因為期待愈大，失望也愈大。打從一開始，她就不是非去那裡不可，而是認為說不定能藉此找到一個小出口，讓她暫時擺脫鬱悶的現實。

抑或只是想要確認傳聞的真偽而已。

「我也不過是如此嘍。」

偏偏正值期中考期間，考試成績有稍微下滑，但她認為以目前的經濟條件去讀大學是一種奢侈，所以沒有特別在意成績。媽媽雖然也沒說什麼，但她覺得媽媽一定希望她早點畢業找工作，幫家裡減輕經濟負擔。

放學後，當其他同學成群結黨地前往補習班時，世琳獨自一人返家。不只是因為目的地不同，就連路線方向都正好相反。

「唉。」

世琳在回家的路上突然放慢了腳步，因為前方是一眼看去就會讓人自動嘆息的陡峭階梯，綿延不絕。不論是下雨天還是下雪天，就連年輕人都要擔心會不會滑倒，必須小心翼翼行走，夏天則是一定會讓你走到汗流浹背的那種階梯。世琳雖然不喜歡枯燥乏味的學校生活，但是回家路上的這條長長階梯也讓她同樣感到厭惡。

「呼，呼。」

當她爬到了相當於高樓層公寓的高度以後，才終於出現一片可以喘口氣的平地。那裡是世琳經常進出的入口之一，將高處的山坡鏟平開墾而成，只有留下一個人能勉強通過的小空間，其餘都是密密麻麻的灰色房子緊密相連。為了防止家中漏雨，偶爾還會看見屋頂上蓋著橘黃色的防水布，而為了避免被風或颱風吹走，還有用廢棄的輪胎和瓦片亂七八糟地壓在上面。

「輪到我了！」

或許是因為正值大部分人都還在上班的下午時段，所以路上幾乎沒有人。唯一比較引人注目的是那些還不到入學年齡的孩子們。幾名只有身穿上衣的小男孩正在用泥土堆小山，再插上樹枝，展開樹枝搶奪戰。不久後，他們發現一位拉著裝滿廢品拖車的老爺爺，爭先恐後地跑了過去，完全不曉得自己臉上還掛著鼻涕。最終，一名小男孩摔倒在地，嚎啕大哭。

「小心點啊，你們這群小屁孩。」

穿著洞洞通風背心的老爺爺將眉毛彎成半月形，一把摟住朝他腰間跑來的孩子們。老爺爺用「小狗崽子」來稱呼這群孩子們，並要他們先閃開拖車以免危險，而小狗崽子們則在拖車後方提供著無謂的幫忙。

世琳為了讓拖車可以經過而選擇讓路，然後走進了一條小巷。

「喵～」

正當世琳一腳踏進巷子裡時，某處傳來了悽慘的貓叫聲。

她巡視周遭，看見一隻貓咪躲在無人居住的建築物縫隙間，只有露出一雙眼睛。世琳小心翼翼地往貓咪的方向走去。

「肚子餓嗎？」

貓咪像是在回答似的，又發出了一聲長長叫聲。

儘管世琳身上的零花錢早已花光，但她還是抱持著說不定有剩的心態重新翻找口袋，所幸摸到了幾塊銅板。

「這些銅板能買到東西嗎？」

世琳輪流看了看銅板和貓咪，然後起身走向附近的小雜貨店。

這間不到幾坪的小雜貨店是街坊老人們的聚集地，藍色看板上雖然寫著白色的「超市」兩個字，但是由於幾個子音和母音脫落，已經無法扮演好其角色，寫有「香菸」的貼紙也早已褪色模糊。

店主奶奶似乎對販售物品不感興趣，她坐在店外平床上打花牌的人當中，但沒有實際參與打牌，而是對一旁的奶奶下指導棋，指導她接下來要出哪一張牌，然後再拿起一塊香瓜來吃。

奶奶看見世琳走進店裡，才拍了拍沉重的屁股，從位子上站起身。

「妳要什麼？」

後方跟上的奶奶把鬆緊褲拉高至胸部問道。

「請問……有適合給貓吃的食物嗎？」

「貓？」

「對。」

雖然奶奶是用一副為什麼來這裡找那種東西的口吻反問，但是當她看見世琳純真的眼神，似乎又心軟了。

「是家貓還是流浪貓？」

「流浪貓。」

世琳手裡拿著一根剛剛隨手拿的香腸。

「貓可不能吃人吃的東西，妳等一下。」

奶奶拿了幾片碗裡的香瓜，去籽以後裝進黑色塑膠袋裡遞給世琳。

「餵牠吃吃看這個吧，應該比其他食物好。」

一直看起來鬱鬱寡歡的世琳，表情頓時變得開朗許多。

「謝謝。」

世琳加快走路步伐，內心卻也焦急萬分，因為她擔心暫時離開的期間貓咪會不見。

所幸只是無謂的擔心。

貓咪看著世琳幾乎是用奔跑的方式走來，發出了比剛才還要大的叫聲。

世琳先將塑膠袋拿給貓咪看，然後再打開塑膠袋讓牠聞，沙沙聲使貓咪的耳朵敏銳擺動。其實世琳很想要靠近貓咪親自餵牠，但是因為擔心會嚇跑警戒心較強的街貓，所以故意蹲坐在幾步路後方伸手遞出香瓜。

貓咪仔細觀看世琳的舉動，反覆伸出前腳又收回，最終走了出來，叼走一片香瓜就連忙躲起來。

在那短暫現身的瞬間，世琳發現貓咪的腹部尤其突出，從牠的臉部及其他部位都很纖瘦來看，應該不是肥胖。

「原來懷孕了啊。」

世琳望著貓咪消失的地方，把那袋裝著剩餘香瓜的塑膠袋放到了建築物縫隙裡，畢竟要是翻找垃圾桶吃到壞掉的食物可就不好了。雖然她也想把貓咪帶回家照顧，但她知道媽媽一定不允許，因為凡是要花錢的事情都會說不可以。

「希望妳能生出健康的寶寶。」

世琳暫時把不捨之情拋諸腦後，回身返家。

將老舊的集合住宅進行改造，普遍被人稱作「蟻居村」的這個地方，是目前世琳與媽媽同住之處。外牆上寫著大大的「預計拆除」字樣，還有人用噴漆亂塗鴉，寫著某某人與某某人在談戀愛、誠徵男女朋友等幼稚字句。

世琳經過這片熟悉的風景，走進家門，卻突然停下了腳步。因為在幾乎不會有人來信的信箱裡，塞著一封引人注目的紅色信件。

雖然她腦海中也有閃過會不會是催繳債務的信件，不如置之不理的念頭，但又覺得假如是那種信件，是不是應該趁別人發現前趕快先領回家比較妥當。

然而，她拿起的那封信並非催繳信。

信封上寫著人生第一次看到的奇特符號，信封口上還有著金黃色的封蠟，散發著歐洲皇室般的高貴氣息。

所幸是用看得懂的語言寫著寄件者。

「梅雨商店」

地址是自己的住家沒有錯，收件人也的確是自己的名字。

世琳露出了不知是錯愕還是喜悅的表情，拿著信沿著漆黑的階梯走下去。她突然心跳加速，彷彿比平時快好幾倍的感覺。

世琳一回到家連鞋子都沒脫好，就急著將捨不得拆封的封蠟撕開。

裡面是一封用鋼筆寫的手寫信。

我們已充分閱讀完您寄來的故事。
我們梅雨商店是極度重視正直與信用的歷史悠久商店，
承諾提供來訪的顧客最頂級的服務。
我們由衷感謝您每年的支持與鼓勵，
在此想要給您一項特殊提議。
請問您願意出售您的不幸嗎？
我們將提供您機會，換取保管於商店內的其他幸福。
假如您願意接受這項提議，
煩請攜帶隨信附上的門票，在梅雨季開始的第一天，
親臨信件上的寄件者地址即可。
梅雨期間，您可以在此放鬆停留，
住宿、用餐或其他額外費用，可由我們這裡負擔，
這部分再供您參考。

那麼，期待早日與您相見。

附註：我們將不負責您於店內發生的任何事。

世琳嚇得用一隻手摀住嘴巴。的確如這封信所說，信封袋裡還裝有一張門票，而且還是和封蠟一模一樣的金黃色，閃閃發亮。

「作者有說門票是金黃色嗎？」

世琳努力回想前不久閱讀的書籍內容，但由於是粗略看過的內容，所以想不太起來。

「隨便，沒差。」

雖說本來就沒有抱太大期待，但突如其來的門票還是令她感到很不真實。儘管她也有想過要不要捏捏看自己的臉頰，不過可想而知，一定只會留下紅色印痕。

她只是對於最後那句話感到有些在意。

「他們不負責在店內發生的任何事？」

世琳想起曾經看過一則新聞，一群犯罪集團以就業作為誘餌，吸引求職者找上門，再取走他們的臟器進行非法買賣；而且剛好在房間壁紙剝落處補貼的報紙上，刊登著某人受困在某座島上多年，過著有如奴隸般的生活，最後充滿戲劇性地被救出的故事。

世琳在位子上來回走動，還咬著大拇指指甲，在本就狹小的房間裡更顯煩躁。然而，她始終難以做出結論。

「書上明明說是真的！」

世琳像個瘋子一樣在空無一人的房間裡自言自語。瞬間，她嚇了一跳，因為發現自己拿著門票的手有點用力過度，導致原本平整無痕的門票稍微被弄皺了。世琳走到對面的簡陋書架，從架上取下最厚的一本書，把門票夾在書頁間。然而，這似乎還不足以讓她放心，她又在上面壓了幾本教科書。

「說不定真的能改變我的人生。」

世琳走到根本稱不上是窗戶的半扇窗前，儘管只看得到一小片天空，卻在那天顯得格外湛藍。

「什麼時候才要下雨呢……？」

時序依舊正值春天，幾乎沒什麼陰天，感覺距離梅雨季還很遙遠。

Episode 3 酷暑

「喔？這不是世琳嗎？妳要去哪裡啊？」

一名阿姨似乎剛燙完頭髮，她撥弄著彎彎捲捲的頭髮，在世琳的放學路上主動向她搭話。她看上去年約四十五歲左右，身穿一件非常緊身的紫色短袖上衣，讓人看著都覺得緊，褲腰上突出的小腹基本上和孕婦沒兩樣。

「去上跆拳道課。」

世琳態度敷衍地回應，也沒有表現出多麼開心見到對方的樣子。

不曉得阿姨是否有感受到世琳的冷漠，她一邊用手搧風，一邊裝熟靠近世琳。

「妳這孩子也真是，現在還有誰在學跆拳道啊，一點用都沒有，那就只是小時候暫時拿來當運動而已，妳一個高中生，在大家都認真學習的時候學什麼跆拳道呢？更何況還是個女孩子。」

阿姨換用另一隻手拿裝有長長大蔥的購物袋。

「女生最好就是乖乖讀書，然後嫁個好人家，妳也要這樣才能翻身啊。」

「好，那我先走了，上課快遲到了。」

世琳快步離開，以免胖阿姨繼續向她搭話。阿姨看似還有話未說完，卻也只能嘖嘖搖頭。

世琳結束學校一天的行程後，唯一會做的事情只有一週要去三次跆拳道教室，由於是政府營運，所以收費特別便宜，但世琳是連這筆學費都可以不必繳納。

儘管她已經盡量趕去，似乎仍錯過了課前準備，體育館門外傳出大小不一的喊聲。

「金世琳，又遲到！看來是需要被修理了喔？」

跆拳道教室裡的年輕教練用一點也不兇狠的表情開玩笑訓斥。

「對不起。」

世琳盡可能地擠出充滿抱歉的表情，搔了搔頭。然後她頂著一頭炸開的頭髮，奔向更衣室換穿帶來的道服。

世琳原本要趕忙衝回教室，但她突然停下腳步，看了鏡子一眼。身穿白色道服的自己，不曉得為什麼看起來格外自信，和身穿不合身形的二手校服時是截然不同的樣子。

她將腰帶綁在道服上，打了個結，再把帶子順著兩側整齊垂落，然後露出了淺淺微笑。雖然還只是紅帶，但是只要通過即將來臨的晉級考試，她就能獲得幾乎等同於黑帶的紅黑帶了。

世琳再次拉順道服衣領，走出更衣室，教練正好在解釋今天的訓練內容。

「如同上週所說，今天要來進行實際擊破練習，當然，我們會使用練習用的木板，所以不必太緊張。」

世琳嚥下一口唾液，今天是她期待已久的一天。

在一次偶然的機會下，她在電視上看到跆拳道表演團在進行空翻表演，並且依序擊破木板，而且就在她發現其中還有女選手以後心臟狂跳不已，久久難以平靜。

她覺得內心深處彷彿掀起了巨浪，世琳開始進一步研究更多關於跆拳道的資訊，然而，自從發現住家附近就有一間幾乎是免費的課後跆拳道教室之後，她便毫不猶豫地報名了課程。那是她記憶中為數不多的幸福時光。

教練和幾名男學員率先進行了擊破示範。

「擊破時，重要的不是踢得多用力，而是要先相信自己一定能做到。」

教練總是對他們耳提面命，「跆拳道不只是武術，更是內心修煉。」這句話聽得她耳朵都快要長繭。

然而，正在看著擊破示範的世琳突然臉紅，因為在進行示範的學員當中，剛好有一名是她這幾個月以來一直心儀的對象。該名男學員發出宏亮的喊叫聲，與此同時用迴旋踢連續擊破兩片木板，包含世琳在內現場觀看的學員們都奮力鼓掌。

「啪啪啪。」

示範結束後，學員們一一走出來模仿剛才看到的踢法，儘管動作還不是很熟練，但是所有人都能順利擊破已經有些裂痕的木板。

接下來終於輪到世琳。

「準備好了嗎？」

剛才示範動作的帥氣男學員手拿一塊薄薄的木板，舉到世琳的頭部高度，用眼神傳遞信號。世琳深呼吸，擺出了自己最有自信的迴旋踢預備姿勢。

瞬間，所有人的視線都朝向世琳。

世琳吞了一大口唾液，用盡全力轉身踢了出去。然而，可能因為太緊張的緣故，她完全踢錯方向，撲了個空，第二次嘗試時，則是踢中了握著木板的男學員的手，甚至還狼狽地摔了個屁股著地。

周遭瞬間笑成一片，雖然教練試圖緩頰，說沒有人從一開始就可以做得很好，但是笑聲並未停歇。

世琳在剩餘的上課時間一直低著頭，就連課堂最後的敬禮也都做得心不在焉，匆匆收拾書包逃了出來。

雖然是傍晚時分，外面卻依然明亮如晝。

「我真是個蠢蛋。」

世琳朝無辜的石頭和蒲公英踢腳。

「海葵、海參、海鞘……」

一連串從未吃過的海鮮名稱從她口中迸了出來。隨著她不斷踢腳，本就不乾淨的鞋子又積了一層灰塵。

「為什麼我什麼都做不好。」

對於就連夢想都無法自由設定、家境貧困的世琳來說，跆拳道幾乎是她唯一的希望。跆拳道讓她足以熬過沒有任何好朋友的學校生活，聽聞只要加入表演團就能去國外公演的消息，甚至興奮到徹夜難眠。

世琳最後奮力朝空鋁罐踢了一腳，沒想到竟然精準命中，劃出一道拋物線飛了出去。她抬起頭，發現不知不覺已經走到了家門口的巷子。

巷子裡多了幾條寫著「誓死反對拆遷」的布條，聽說因為是都更預定地，所以不得不把房子讓出來，但由於貧困的人無處可去，所以遲遲不願意搬走，導致工程一再推遲，而世琳的家也包含在內。

最近社區裡的幾位居民甚至剃髮抗議，地方報社還帶器材設備來進行拍攝。世琳只要一想到自己某天可能會被迫搬走，就覺得回家的步伐更顯沉重。

世琳被一陣吵雜聲驚醒，突然回過神來，愈接近住家，聲音就愈大聲。賣場促銷用的擴音器聲音、呼喊口號的聲音、偶爾有人飆罵髒話的聲音，統統混雜在一起，離家不遠的地方儼然已成抗議示威現場。

人群分成兩邊，一邊是戴著寫有「誓死抗議」的紅色頭帶，另一邊則是身穿相同標誌的黑色上衣，頭戴同樣的帽子。他們彷彿隨時會爆發肢體衝突似的，互相指著對方破口大罵。雖然這種場面早已目睹過好幾次，但是最近的火爆程度有愈漸升高的趨勢。

不久後，鳴笛聲響起，幾輛警車駛入。世琳擔心自己會無端捲入這場衝突，連忙躲回家中。

回到家，她看見媽媽戴著平時很少用的老花眼鏡正在縫補衣物。

「回來啦？要吃飯嗎？」

房間一隅有個小桌子，上面放著為數不多的幾樣小菜，但是世琳假裝沒有看到。

「還不想吃。」

然後她像是放下一塊沉重的石頭一樣將書包扔放在地，嘆了一口氣。

「妳又在減肥喔？」

「減什麼肥，我要睡了。」

世琳連衣服都沒換就直接無力地躺在鋪著棉被的地板上。

「怎麼了？發生什麼事嗎？」

世琳明明還沒入睡，卻遲遲沒有做出任何回應。媽媽似乎也不是真心好奇詢問，所以也沒有再追問，繼續埋首縫補；而就在她剛放下縫好的一隻襪子，正準備要拿起另一隻襪子來縫的時候。

「媽，妳還記得原本住我們家對面、現在已經搬走的那位又醜又胖的阿姨嗎？那個阿姨竟然——」

「世琳，媽媽不是提醒過妳要說好話嗎？」

「但我說的是事實啊。」

世琳一副就算被那位阿姨聽見也無所謂的口吻。

「總之，那位阿姨竟然叫我不要學跆拳道，說一點用都沒有。媽，妳也這樣認為嗎？」

「世界上哪有什麼是一點用都沒有的，之後都還是會用得到吧。」

「還是我就乾脆不要學跆拳道，好好專心讀書？媽，妳覺得我擅長什麼呢？」

「嗯……我們家的世琳沒有不擅長的事情啊……」

媽媽一邊專注穿線一邊回答。然而，可能因為世琳老是搭話，害得她一直穿線失敗。

「呿，媽媽一點都不關心我。」

世琳轉過身，直接背對媽媽側躺。

「破掉的襪子就不能丟掉嗎？最近還有誰會縫補完繼續穿啊，買一雙新的不為過吧？」

「不是所有東西都丟掉再買新的就一定好。」

世琳不滿意媽媽總是會說一些冥頑不靈的發言。她突然覺得自己有點像媽媽手中那隻破洞的襪子，老舊殘破，任誰看都會覺得窮酸。要是能扔掉的話，她希望現在就能立刻丟掉。世琳突然起身，原以為她早已睡著，結果反而從書架上取出了一本厚重的書籍。

「假如啊……」

她刻意把這句話拖很長，彷彿是要說什麼重要的事情一樣，就連媽媽都透過掛在鼻尖上的老花眼鏡看了她一眼。

「媽，妳要是重新投胎的話，會想要過怎樣的生活呢？」

「這又是什麼話？」

媽媽對突如其來的提問愣了一下，但是手中的縫線活沒有停下來。

「沒事，算了。」

世琳不耐煩地回應，然後為了避免被媽媽發現，她小心翼翼地翻開了那本書。書頁緩緩翻動，今天依舊停在了同一個地方。

雖然不論怎麼看都不敢置信，但她認為或許這是她最後的一線希望。

夾在書頁間的金黃色門票依然像新的一樣閃閃發亮。

Episode 4 梅雨前夕

面對即將來臨的暑假，收音機裡傳來了令人期待的下雨消息。

然而，世琳沒有如實告訴媽媽，她從一週前就開始苦惱該用什麼理由不回家，結果直到當天，她才選擇只留一封信走出家門。

「我去朋友家住幾天再回來。」

平時的她從未提過任何朋友，所以這顯然是一個非常明顯的謊言。然而，她認為無所謂，因為說不定能重拾人人稱羨的美好人生，再也不必回家。

世琳穿上不論怎麼清洗都看起來破破爛爛的運動鞋，往位於市中心的火車站走去。

她已經很久沒去市中心，坐火車更是非常久遠的事了。她重新回想，上一次坐火車應該是準備要上小學時，牽著媽媽的手一起搭的，在那之後就再也沒坐過火車。

「通往彩虹鎮方向的列車即將進站，請各位旅客注意月台間隙，向後退一步。」

平時沒什麼需要搭火車的機會，所以一直都只是路過這座火車站，或許是因為週末將至，加上又是下班時間，導致車站裡人滿為患。世琳在擁擠的月台上徘徊，差點就眼睜睜地錯過了自己要搭的那班火車。千鈞一髮之際，她好不容易在車門關閉前最後一刻擠上了火車。

匆忙混亂地找到位子坐下後，她才終於有離家的感覺。

「火車是搭上了，但……」

世琳不經意地轉頭看向旁邊，一名看起來比自己大一、兩歲的男子戴著耳機，正在用筆記型電腦收看電影或電視劇之類的影片。半開的包包裡裝滿著類似專業教科書的書本。

雖然她並非故意要看，但是書背上寫有男子就讀的大學名稱，那是世琳也很常聽到、耳熟能詳的知名大學。每年只要一到畢業典禮，高掛於學校正門的布條頂端就會寫有學生姓名，是一間只要功課好的同學都會想去的大學。

「真羨慕。」

世琳曾經也想上這間大學，但是隨著年級愈來愈高也逐漸選擇放棄。

兩人雖然年紀相差不多，但是世琳對於這名男子感到好奇，彷彿和她生活在不同世界，所以在火車移動的過程中頻頻偷看對方，直到最後因為四目相交而感到害羞，不禁紅著臉將視線轉移至窗外。

車窗外的天色愈漸昏暗，不是單純因為太陽快要下山，而是一大片烏雲密布的緣故。外面的風似乎也吹得厲害，鐵路旁的樹木像在跳舞一樣肆意搖擺。

世琳從口袋裡取出信件和門票，再次仔細查看。

那是一封連明確日期都沒告知，純粹只寫著梅雨季開始的第一天請至廢墟的信件。

「去到那邊就真的能任由我改變自己的人生嗎？」

「假如真的可以，我該選什麼才好呢？」

難以回答的問題在她腦海中一個接一個浮現，擾亂思緒。世琳閉上眼睛，將身體託付給規律顛簸的列車。很快地，她便感覺腦子一陣昏沉。

不小心睡著以後醒來，發現天色變得更暗，風也吹得比先前更加劇烈。

不久後，車廂內傳出站務人員廣播：

「下一站是本次列車的終點站，彩虹鎮。請各位乘客留意隨身物品及行李，並於列車到站後全員下車。」

世琳手握綠色雨傘，準備下車。

火車停下，車門打開，坐著的人們同時起身，往車門方向走去。原本寂靜無聲的車廂內，因乘客爭先恐後下車而變得鬧哄哄。

世琳等到最後才緩緩走下車。

當她一踏上月台，一陣涼風便朝她迎面而來，彷彿是在歡迎她遠道而來似的。風中夾帶著充分的濕氣，感覺應該會如天氣預報所言下雨。世琳隨意撩了撩被風吹亂的頭髮，環顧四周。

這是個沒有想像中那麼大的城鎮，可能因為在火車站附近的關係，四周都是一些不太高的建築散落在各處。這裡既不是被農田環繞的鄉村，也稱不上是城市。

世琳深呼吸，手拿自己親手畫的地圖，走出了火車站。

車站前，幾名計程車司機三三兩兩聚集在一起抽菸，他們一看見世琳走出來，便用眼神詢問是否需要搭車，而世琳則是連忙閃避他們的視線，因為光是買火車票就已經幾乎花光了她的積蓄。

所幸她有一雙比誰都還要結實的腿，天天在那陡峭的斜坡爬上爬下訓練出來的。世琳為了讓自己不要看起來像外地來的客人，選擇快步離開車站。

鋪好的柏油路逐漸變成了沒有經過鋪設的泥土路，世琳開始愈來愈懷疑自己手繪的地圖，她已經踏上了根本稱不上是「路」的地方。

走了好長一段時間以後，終於出現一個只有幾十戶人家居住的小村莊，一盞老舊的路燈照亮村子入口處，卻不見有什麼人進出往來。

世琳依靠路燈的光線，確認了地圖上的地址。只要自己沒有抄錯，那麼廢墟就一定是在這個村子裡的某處。世琳開始感到雙腿痠痛，她揉了揉膝蓋，雖然很想要隨便找個地方先坐下來休息，但眼下當務之急，她知道要趕快趁天色變得更黑之前找到廢墟才行。

「難道也不是這裡……？」

就在她挨家挨戶一一確認過以後，終於只剩下最後一戶了。

突然，她聽聞某處傳來人聲，分明是有人在說話的聲音，但是氣氛有些不尋常。世琳加快腳步。

在一間看似宛如廢墟的房屋入口處，有一名老人趴倒在地，周圍則有三名目測年約二十五至三十歲出頭的男子站在那裡，從他們的站姿和行為舉止來看，舉手投足間都散發著不良的氣質。

「所以啊，我們好好用說的來解決嘛，何必搞成這樣呢？都活到這把歲數了，怎麼還這麼貪心啊？」

一名頂著一頭金髮、戴著金項鍊，甚至還身穿黃色無袖上衣做出整套搭配的男子說道。

「我們就只是想看看那有名的妖怪門票而已，你還真是小氣，看一眼就馬上還你嘛。」

「你們這幾個傢伙！」

老人大聲咆哮，脖子上都爆出了青筋。

「以為我不知道你們在打什麼壞主意嗎？年輕人就該老老實實工作，正直的過生活，在這裡擋住行人的去路到底是在耍什麼流氓！」

「耍流氓？老頭，您說這話可就過分了喔！」

另一名長相兇狠、足以讓人誤以為是妖怪的傢伙突然逼近老人，直接將臉湊了上去。

「我剛才不是說了嘛，都拜託您了啊！看一眼又不會弄壞，幹嘛這麼小氣？」

「你要我相信這種鬼話？哼！門都沒有。」

老人誇張地哼了一聲，然後拍了拍剛剛摔倒時手上沾到的泥土。老人的體型雖小，但也不曉得哪裡來的勇氣，用毫不畏懼的聲音回應威脅。

「我沒有什麼妖怪門票要給你們！不，即便有，我也不會給你們！」

老人的眼睛彷彿要噴出雷射光似的，狠狠地瞪著那些流氓。對方見狀，譏笑了一聲。

「看來這位老爺子還想試試自己的骨頭到底硬不硬朗啊？」

看起來像流氓當中的首腦、身穿背上印有老鷹圖騰的皮衣背心男子緩緩走了出來，他慢慢放下搭在肩上用來威脅人的球棒。

「我們已經很客氣地拜託您了，這可是您自找的喔，所以別怪我們。」

站在一旁的金髮流氓左右扭動脖子，發出「喀啦喀啦」折骨頭的聲音，另一名長相兇狠的男子也不甘示弱地展示他長滿繭的拳頭。

於是，老人的態度突然轉變了，明明剛才還態度很強硬的老人，突然用雙手抱頭，發出一聲尖叫。

「啊！」

流氓們看見老人這樣，互相嘲笑了起來。

「什麼嘛，剛才還自信滿滿的老頭跑哪去了？喂，我們還沒開始呢，現在就這麼害怕怎麼行？」

流氓首腦對著驚恐的老人露出卑鄙微笑，向前邁了一步，不，是正打算邁出一步，然而，他身穿的黑色皮衣背心突然被拉起，身體也慢慢升到空中。

「喔？這是怎麼回事？」

男子張望四周，想知道究竟怎麼一回事，但什麼也沒見著。

「是誰？還不給我放手！」

他完全忘記身為首腦要顧及的顏面，拚命掙扎，卻沒有任何改變。最終，他被抬到比自己身高還要高的高度，用拋出去的方式飛到對面的森林。

老人依然把頭埋在地上，另外兩名小流氓則是僵直在原地，驚恐萬分地看向首腦飛走的方向。正當他們轉頭互相對視的瞬間，這次換另一名流氓的身體騰空浮起，離開地面一個手掌的距離，然後像是遭遇車禍般直接被甩進森林裡。

金髮流氓這下才發現不太對勁，也不曉得是打算去救自己的首腦還是只是為了用最快方式逃跑而選擇了那個方向，總之，他卯足全力拚命往森林方向逃，這可能是他一生中跑得最快的一次。

然而，不久後，逃跑的流氓也發出了撞擊到某個東西跌滾在地的聲音。老人聽到聲音以後，偷偷抬起頭，又再次發出驚訝的聲音，這次是嚇得他直接向後跌坐在地。

「別……別過來！」

眼前有個令人難以置信的東西正在俯瞰著老人，即便沒有人告訴他，他也心知肚明，打從一開始就無法用其他單字來形容。

那東西看起來像人，卻又不能稱之為人。

老人即便知道這是真實不是虛幻，卻還是揉了好幾次眼睛。

那的確是妖怪。

「嘩啦啦啦——」

天空開始下起傾盆大雨。

Episode 5　守門員托利亞

默默窺探這一切的世琳也同樣飽受驚嚇。

雖然天空突然下起傾盆大雨，淋濕了她的頭髮和衣服，但她完全沒想到要撐傘。

一個外貌與人類相似，但手臂很長、雙腿較短、像猩猩的某種生物，從廢墟入口處走了出來，瞬間把圍繞著老人的幾個流氓扔進了森林，最後甚至還用那幫人留下的球棒準確擊中一名落荒而逃的流氓。

世琳好不容易想起自己當初在圖書館裡看到的那本書前半段，書中寫道：只有持有門票者才看得見妖怪，並受到妖怪的介紹引導。從那群流氓自始至終都不曉得究竟怎麼回事、一臉茫然錯愕的表情來看，書裡的內容應該是千真萬確的事實。

轉眼間，妖怪已經將視線從老人身上挪移至躲在建築物角落、只露出半張臉在偷看這一切的世琳，她這下才清楚看見妖怪的臉部輪廓。

除了頭頂上有冒著一個小角以外，其餘部分與人類沒有太大區別。只不過，由於妖怪的身高非常高，一般籃球員應該連他的肩膀高度都不到，所以不由得令人感到恐懼。

妖怪沒有多說什麼，只是來回看了看世琳和老人，做出了一個叫他們跟上的手勢，便消失在廢墟裡。與此同時，雨勢也愈來愈大，世琳撐開雨傘，走向依然跌倒在地的老人。

「您沒事吧？」

老人張著嘴，都不曉得雨水已經滴到嘴裡，又再次被嚇了一跳。

「妳是誰？」

世琳盡可能簡單地做自我介紹。

「我叫世琳，我也是因為收到了一張門票所以來找尋『梅雨商店』。您需要我幫忙嗎？」

於是她攙扶老人的手臂，老人也沒有拒絕，直接依靠著她的手，雙腿用力地站起身。比起被那幫流氓推倒在地，老人似乎對於親眼見到妖怪的衝擊更大。世琳完全能理解老人的心情，因為她光是躲在遙遠處偷看都已經腿軟了，更不用說老人是近距離直接面對妖怪。

「謝謝妳，我沒想到真的有妖怪，實在太令人難以相信。」

老人站起身，撐開他帶來的黑色長雨傘，儘管是不識貨的世琳，也看得出那是一把滿高級的雨傘。老人拍掉衣服上的灰塵，再撿起掉落在地的紳士帽重新戴上，整個人瞬間變得整齊簡潔，和剛才的樣子截然不同。他的年齡少說應該也即將面臨退休，但和年輕人一樣氣色很好，走路也健步如飛。

「總之，我們趕緊進去吧。」

老人走在前頭，世琳緊跟在後，兩人走上了廢墟入口處的階梯。敞開的門裡透出了微弱的光。

老人像是來過這裡的人一樣，直接往門的方向走了進去，世琳反而猶豫了一下，但最終還是選擇下定決心，重新移動腳步。

過不久，兩人就奇蹟似的消失了。

明明兩人是從瀕臨倒塌的建築物入口處走進去，走出來時，眼前卻呈現著截然不同的風景。

那個地方不是室內而是被花海包圍的室外，而且還不是傍晚而是陽光明媚的午後。

世琳和老人似乎想法一致，兩人都目瞪口呆地望著彼此。然而，兩人也很快就離開了位子，因為就在十步路左右外的地方，剛才那個妖怪正在等待他們。

妖怪的手裡拿著一面黃色三角形的旗幟，也不曉得是何時取出的，像極了旅行社導遊為了防止遊客走散而使用的東西。世琳和老人沿著花田間的小路朝妖怪走去。

漆黑的夜晚，尤其在陰森的地方初次見到妖怪，所以顯得極度恐怖，但在明亮的地方看他，好像只有體格龐大而已，其實長相意外純樸，儘管世琳和老人姍姍來遲，他也毫無怨言地耐心等待。

近看時尤其更顯親切，他沒穿上衣，只有一邊的肩膀上掛著藍色吊帶褲的肩帶，看起來簡直就是個幼稚園小朋友。他胸前印有一個蝴蝶形狀的小名牌，用歪歪扭扭的字體寫著「托利亞」。

「托利亞？」

世琳自言自語地說著，妖怪點了點頭，看來是他的名字。這次，換妖怪用食指指向世琳。

「我？我的名字叫世琳。」

「世……琳……。」

妖怪用笨拙的發音照著唸了一次，世琳聽見以後露出了開朗的笑容。

「沒錯。不過，這裡真的是梅雨商店嗎？」

「商……店……。」

托利亞用手指著遠處的白色建築物。越過花田，可以看見一棟像城堡也像高塔的大樓矗立在那邊，以那棟修長的建築物為中心，四周散落著彷彿剛從童話故事裡彈出來的房子。

「哇！」

世琳不自覺地發出驚嘆。

「真的去到那裡就能改變我的人生嗎？」

然而，托利亞只有用尖銳的指甲搔著自己的頭，他看起來似乎還不太會用人類的語言聆聽和表達。有別於問東問西的世琳，老人似乎還是對托利亞感到害怕，獨自一人站在距離兩步外的地方默默觀察。

「沒關係，他應該不會傷害您。」

雖然世琳想要讓老人感到安心，但是老人依然站在世琳的背後保持警戒。托利亞不在乎，轉過身再度開始往商店方向走去。

由於他身高特別高，所以每走一步路都是世琳和老人的三步路。然而，也不曉得究竟是他的步伐本來就很緩慢，還是故意為了配合世琳和老人的走路速度，兩人無須特別費力也都能跟得上托利亞的腳步。

唯獨只有他的行為有些怪異。

原本在引路的托利亞突然嚇得一動也不動，站在原地，放棄筆直的路線選擇繞道而行。世琳一時感到困惑，呆呆地看著他的背影。

在好奇心的驅使下，世琳沒有立刻跟上托利亞，而是走到了剛才托利亞所站的位置。她仔細查看，猜想那裡該不會躲著一條大蛇，但是在整齊的路邊除了幾顆小石頭以外，沒看見什麼東西。正當她心想應該是有什麼不為人知的理由，無意間將視線朝下時，她發現腳前有一條毛毛蟲在蠕動爬行。

「難道是因為這隻毛毛蟲？」

雖然她是個難忍好奇的性格，很想直接問托利亞，但總覺得這樣問應該會很失禮，所以決定先放心裡。世琳重新追上不知不覺間已經與自己拉開距離的托利亞。

然而，才過不久，托利亞又停下了腳步。

這次他蹲坐在路邊，目不轉睛地盯著某個東西看了許久。原來他是在看一朵盛開的紫色花朵，由於他看得實在太投入，讓人難以搭話。

世琳仔細查看托利亞的臉龐，似乎是很喜歡那朵花，想要擁有卻又不忍心摘下，苦惱不已的樣子。

看不下去的世琳代替他摘下那朵花，於是看見托利亞露出了孩子般的笑容。世琳雖然擔心這樣下去會不會趕不上梅雨季結束前抵達，所幸接下來就沒再遇到可怕的蟲子或喜歡的花朵，托利亞沒有再停下腳步，一直朝商店邁進。

商店的外型像一根豎立的白色年糕，相較於周圍的建築物，這座商店顯得格外高大雄偉，所以假如站上頂樓陽台，周遭的其他屋子應該會很像一個又一個的火柴盒。看起來像出入口的地方，有一扇巨大的門，托利亞不用低頭也能順利通過。

當他們到達門前時，沒有特別傳遞什麼信號，門卻自動打開了，感覺彷彿走進鬼屋一樣。然後在門還尚未完全打開之前，裡面已經傳出喧鬧的音樂聲。

漆黑的商店內簡直就是歡樂的慶典活動氛圍，甚至讓人不禁懷疑托利亞是不是把舞會場地錯認成是商店，走錯了地方。老人似乎也不習慣這種氛圍，不由自主地乾咳了幾聲。

懸掛在天花板上的鏡球不停旋轉，周遭充斥著只看得見輪廓的人潮。

正當高達身高的舞台上，身穿華麗服裝的妖怪們正展開表演，一名打扮得體、服務生裝扮的男妖怪走了過來，端著托盤，遞了一杯不明飲料給他們。世琳原本不太想喝，但老人接過兩杯飲料分了一杯給她，她不得已只好接下。

「嗯？」

原以為是酒精飲料，沒想到竟是飄散著美味香氣的果汁，雖然不清楚是什麼水果，但因為喝起來香甜清涼，假如再看見剛才那名服務生，即便厚著臉皮她也想再跟對方要一杯。老人也在一旁閉著眼睛品嘗飲料，讚嘆連連。

這時，活動已經進入尾聲，老人和世琳應該是最後一組客人，因為他們一進去，門就徹底關閉鎖上了。

「砰！」

有別於開著門時，室內反而迴盪著低沉的聲音。

那些用盡全力唱歌跳舞、衣服都已經被汗水浸濕的妖怪們，在觀眾的掌聲中走下了舞台，而喧鬧的音樂聲也隨著他們離場停了下來，商店內瞬間變得像圖書館一樣安靜。

這時，有一個妖怪走上了空蕩蕩、帷幕已落下的舞台。

那是一個身穿沒有任何皺褶的紫色套裝、配戴對比色黃色領帶的妖怪。即使在人類世界，他的時尚感也特別突出，頭上塗抹著大量的髮蠟，將頭髮梳到一邊，還留著帥氣的八字鬍。由於給人的印象非常強烈，所以只要看過一次就難以忘記。

這位介紹自己是「杜洛夫」的妖怪，手握麥克風，用慷慨激昂的聲音喊道：

「歡迎光臨！歡迎各位貴賓蒞臨梅雨商店。」

Episode 6 梅雨商店

面對新的妖怪登場，場內暫時出現了騷動。昏暗的燈光變亮以後，周圍的景象逐漸顯現。在這個像極了演場會現場的寬闊空間裡，少說也聚集了上百人，其中有人一臉充滿驚訝，也有人悠閒自在地手臂交叉環抱於胸前。

世琳一邊環視商店內部，一邊觀察陌生人，眼睛忙得不可開交。但最引人注目的是剛剛拿起麥克風站上舞台的妖怪。

「辛苦各位特地遠道而來。」

杜洛夫似乎是發自內心歡迎，和腳下的人群逐一對視，簡單打招呼。

「我知道大家可能心中有很多疑問，但首先請讓我先為各位介紹一下這裡。」

杜洛夫將領帶鬆開，再次清了清嗓子，繼續說道：

「我們梅雨商店是以歷史悠久聞名，名副其實的最佳商店，每年都會邀請人類蒞臨，準備特殊活動來讓客人使用這間商店。這一切都是出自我們族長對人類的關愛，我們承諾，將遵循他的本意，在各位停留於此的期間，盡最大努力為各位提供最舒適的服務。」

杜洛夫將右手放於左胸前，深深地彎腰一鞠躬。

「好，那枯燥乏味的介紹就先到此為止……」

杜洛夫輕輕彈了一下手指，站在舞台旁隨時待命的美女妖怪便走了出來，手裡捧著一個用布遮蓋的東西。

「我們直接進入正題吧！」

美女妖怪站在杜洛夫的旁邊，展現著穠纖合度的身材曲線和小蠻腰。

「各位最期待的應該就是這個，對吧？」

杜洛夫用彷彿已經看穿眾人心思的口吻問道。然而，人們的目光統統都被穿著迷你裙的女妖怪吸引，沒在認真聽杜洛夫的解釋。

「想要消除既有的不幸嗎？想不想試著過一回自己夢寐以求的生活呢？假如可以開啟一段人人稱羨的新人生呢？」

杜洛夫為了讓現場氣氛更有戲劇化的效果，故意停頓了一下。

「那麼我將為各位隆重介紹！我們梅雨商店的驕傲，妖怪寶珠！」

隨即，杜洛夫像魔術師一樣用華麗的動作掀開了布簾，那動作帥氣十足，感覺光是練習這個動作就花了大半天。布簾在空中展開，然後輕飄飄地掉落在後方。

人群開始騷動，大夥兒紛紛睜大眼睛，集中視線。站在最後方的世琳踮起腳尖，費盡力氣想要看得更清楚一點，老人也盡可能地伸長脖子。

小桌子上，各種不同大小、五顏六色的寶珠在燈光的照射下，如寶石般發光，小的和乒乓球一般大，大的甚至還有像保齡球那麼大。

杜洛夫從中拿起一顆。

「怎麼樣？是不是很漂亮呢？這些寶珠就是裝有各位一直渴望的美好人生。」

「請問那顆寶珠多少錢？」

有人勇敢地舉手發問。

「我們不需要人類的金錢，每間商店都會陳列一顆寶珠，各位可以用賣掉不幸所獲得的金幣在商店內消費，然後免費拿走寶珠。」

歡呼聲和掌聲此起彼落，杜洛夫似乎認為這才是他期待看到的反應，他滿意地嘴角上揚，就連那長長的八字鬍都翹到了頭部位置。

「商店裡收藏著我們過去多年蒐集的無數顆寶珠，各位可以慢慢逛，只要在梅雨季結束前拿走自己想要的寶珠就好。」

「假如在那之前沒選好的話會怎麼樣呢？」

剛才提問的男子再次問道。他戴著方框眼鏡，手拿筆記本和原子筆，看上去就是學生時期老師們最喜歡的那種模範生類型。杜洛夫也用宛如老師的口吻回答：

「這是個好問題！當然，如果都沒有挑選寶珠也不會發生任何事，但是有一件事情需要各位留意。」

杜洛夫拿起擺在桌上冒著煙的茶杯，似乎是根本不覺得燙，竟一口氣全部喝下。

「假如在梅雨季結束前沒有走出商店的話……」

他將茶杯倒向側邊，給大家看杯子已經見底。

「留在這裡的人就會從此永遠消失。」

瞬間，周遭變得像被潑了冷水一樣鴉雀無聲。杜洛夫見到現場氣氛頓時凝結成冰，故意誇張地放聲大笑，他的笑聲在寬闊的商店內迴盪了好一會兒。

「但不要太擔心，還有很多時間，因為梅雨季現在才剛開始，這次的梅雨將持續一週又九小時四十四分鐘三十二秒，精確的時間還請各位確認妖怪標準時鐘。」

杜洛夫用手指向出入口處，後方牆面上掛著一個大時鐘，但是沒有時針、分針，而是一個裝滿水的沙漏模型，裡面有水滴正在緩緩滴落。

「至於使用寶珠的方法，將於各位稍後要拜訪的不幸當鋪進行告知。此外，我們也準備了一些可以在使用商店時作為參考的資料。」

杜洛夫向美女妖怪使了個眼色，她輕輕點頭，開始發放事先準備的小冊子。

瞬間，大家為了搶先拿到小冊子，開始爭先恐後地推擠起來，導致現場引發一陣小騷動。其中一些人因為對美女妖怪更感興趣而未守秩序，也使得發放小冊子的時間拖得比較久。世琳和老人耐心等待順序，拿到了最後剩下的小冊子。

小冊子是以外面常見的薄本宣傳手冊形式呈現，只有手掌大小，折成好幾頁，方便輕鬆攜帶，封面上寫著大大的「梅雨商店介紹書」字樣，還有加上護貝貼膜。

世琳忍不住好奇，一拿到手冊就立刻翻閱。

※使用梅雨商店時必要之參考事項

第一，從不幸當鋪獲得的金幣僅限於商店內部使用。

第二，金幣使用有效期僅限梅雨期間。

第三，一旦寶珠攜帶至人類世界，便不再提供交換或退貨。

第四，寶珠裡的幸福將於想要實現的時間點透過咒語啟動。
第五，假如丟棄或拋棄寶珠，將回到原本的主人手中。

每一頁上都寫有參考事項、商店的縮小地圖以及推薦的遊覽路線。其中介紹的代表美食店家是由波爾多和波爾摩兄弟經營的餐館，照片中呈現著一對看似雙胞胎的妖怪兄弟，面露著燦爛笑容。

甚至在手冊的最後一頁還附有賭場使用優惠券，雖然世琳覺得自己應該不可能去賭場，但還是決定留下來以備不時之需。

「首先，今天已經很晚了，請大家將不幸寄放在地下當鋪，並於我們為各位準備的宿舍好好休息。托利亞將會為各位再次做介紹。」

杜洛夫指向出口對面的門，那裡有著身材高大的托利亞依然拿著和他不相配的黃色旗幟，等待著大家。看來應該是在這裡負責帶路的。

「那我們就下次再見了，如果有任何問題或者想要尋找的寶珠，請隨時來我所在的服務台找我。」

杜洛夫到最後都還是保持禮貌，向大家深深一鞠躬。

人們一個接一個地走向托利亞，然而，似乎是還剩下最後一道流程，托利亞沒有馬上移動，而是一一確認門票並蓋章，然後分送手錶給蓋有印章的人。

那是和掛在牆面上的時鐘同款的手錶，只是縮小版而已，兩側連著皮帶，可以繫在手腕上；神奇的是，不管往哪個方向傾斜，水滴只會往一個方向滴落。

然而，更神奇的是，其他人的門票顏色是銀色的，和世琳的不同。她一度還擔心自己的門票是不是有誤，但托利亞毫不在意地在她的門票蓋上了清楚的印章。

表情出現微妙變化的人唯有還站在舞台上觀察的杜洛夫，然而，包括世琳在內沒有人察覺到這一點。

世琳鬆了一口氣，走向已經完成驗票的老人。

最後一個驗票的世琳檢查完畢以後，托利亞開始帶領人群往下樓的樓梯行走，有別於正門的出入口，這條通道並不寬，托利亞不得不縮著身體前行，他的身後則排著一條長長隊伍。

所有人的散場速度比預期的還要快，鬧哄哄的聲響逐漸消失，腳步聲也漸行漸遠。

商店內頓時恢復寧靜，彷彿從一開始就什麼事都沒發生過一樣。

Episode 7 維娜的不幸當鋪

地下室的天花板上垂掛著昏暗的白鎢絲燈，不過這些燈泡似乎已經該做更換了，偶爾會忽明忽暗。托利亞為了通過狹窄的通道而盡量低著頭，但因為還是撞到了幾次，導致洞穴般的天花板上掉下了一坨泥土。有些人還以為通道要坍塌了，連忙抱緊身旁的陌生人，隨後又尷尬道歉。也有人甚至已經開始起了口角。

「唉呦，別推了！」

「前面的人走快一點。」

陡峭的地下樓梯持續蔓延，要是不仔細注意地板，就會不小心摔一大跤。愈往下走環境就愈潮濕，濃濃的霉味也愈漸明顯，不是個適合久待的地方。

「到底要走到多下面？」

人們的抱怨聲此起彼落，托利亞不曉得是真的聽不見還是假裝聽不見，他只有不發一語地走著。

突然間，最前方的男子一個不小心踩空，向前仆倒。由於沒有聽見跌倒的聲響，大家紛紛仔細查看，所幸樓梯下方是平坦的地面。所有人鬆了一口氣，不是因為男子沒有受傷，而是因為終於走完這條長長的階梯。

距離階梯不遠處有一棟建築物，外觀看上去簡直就像以前鄉下地方的文具店，要是販售各種垃圾食物應該毫不意外，是一棟小而破舊的房子。然而，走近一看又不一樣。

「這裡是做什麼的地方呢？」

也不曉得究竟是藏著多麼重要的物品，其中一面牆是用鐵欄杆阻擋著，還裝有厚厚的玻璃牆。透明玻璃牆中央有著許多小孔洞，可以用來進行對話，另外還有一個足以穿過一顆人頭的大洞。

人們走近那棟房子一看，紛紛驚訝地停下了腳步。

因為隔著一面玻璃牆後方就有著一眼看上去讓人感覺很刁鑽難搞的妖怪，叼著一根長長的菸斗，身體歪斜地坐著。在那看起來不大的房間裡，也不曉得是抽了多少菸，整個環境煙霧瀰漫，不仔細看甚至會讓人誤以為是失火了。

由於妖怪長得實在太兇狠，所以連性別都難以分辨，然而，從她濃妝豔抹、把捲髮綁高來看，推測應該是個女妖怪。

除此之外，一身金光閃閃的打扮也加助了這項判斷，她的耳朵上掛著像公車把手般巨大的圓形耳環，每根手指上也都戴著戒指，最顯眼的無疑是她脖子上配戴的項鍊，因為是由好幾條粗如鐵鏈的金項鍊交疊在一起，所以只要一低頭，感覺就會需要有人幫助才能重新抬起頭。

世琳連忙查看剛才拿到的指南手冊，所幸第二頁就有出現一個妖怪的照片，用極度厭世的表情在抽菸。

她是不幸當鋪的主人，名叫「維娜」。

妖怪看見排成一列的人類，便將有線麥克風拿到嘴邊。

「來，趕快……」

然而，麥克風沒有發出聲響，於是她用托著下巴的手拍了拍麥克風。

「嗶——」

刺耳的噪音讓人不由得想要摀住耳朵。她煩躁地嘆了一口氣，把麥克風隨手扔到座位旁的椅子上，所有人的目光統統集中到她身上。

維娜深吸一口氣，用足以傳到隊伍最後一人都能聽見的音量重新大聲說：

「好，那我就省略開場問候，直接進入解說，聽好了喔！我最討厭同樣的話說兩遍，所以如果聽不懂還犯傻的話，我會扒光你的褲子，然後踹你的屁股，把你趕出去。」

她那宏亮的嗓音觸及牆面形成回音時，一名男子發出了咯咯笑聲，可能認為這是妖怪式的幽默，一邊抖動著肩膀一邊偷笑，然而，當他意識到氣氛不太對勁時，他立刻用手摀住了嘴巴，一陣尷尬的沉默過後，人們面帶焦慮不安的表情，彷彿隨時會被踹飛似的，觀察著維娜的臉色。

所幸妖怪只是狠狠瞪了男子一眼，繼續進入正題。

「我們可愛的托利亞會發一顆小寶珠給每個人，各位可以雙手拿著寶珠，回想你認為生命中不需要或者希望消失的片段，然後唸咒語，咒語是『德魯．艾普．朱拉』。來吧，跟著我唸一遍，德魯．艾普．朱拉。」

人們宛如合唱團成員，同時複誦了一遍。那些沒有聽清楚咒語的人反而不敢詢問妖怪，只好向前後左右的人確認發音。

「很好，直到那些不幸的回憶塞滿寶珠為止，要不停地反覆默唸咒語，記得安靜一點，以不妨礙他人為主。」

維娜似乎漏掉了解說，補充道：

「還有，妖怪寶珠的生命主要在於光澤，假如想要賣好價錢，最好讓它表面不要附著灰塵。」

站在一旁的托利亞從他身穿的吊帶褲前口袋拿出小寶珠，開始一一發放。神奇的是，那個口袋明明看起來不大，卻有取之不盡的寶珠。

寶珠與先前看到的不同，是透明不帶任何色彩的。

當它還在托利亞手中時，看起來只有豆子般小小一顆，但是等到放在世琳的手中時，卻變成需要用雙手捧住的大小。數十顆，甚至是超過數百顆的寶珠，在昏暗的燈光下散發著微弱的光芒。

四周傳來剛才學會的咒語聲，世琳也閉上眼睛，試著慢慢回想起自己的不幸，這對她來說不是一件困難事。

自從爸爸過世之後，家裡一直很窮困。

媽媽因為忙碌而對她漠不關心，唯一的弟弟則是離家出走，音訊全無，就這樣過了一年。

周遭沒有一個可以稱得上是朋友的人，也沒有一個相信她、支持她的人。

世琳並不奢望擁有多麼了不起的幸福。

她只是羨慕其他人的平凡生活——

在入學典禮或畢業典禮上，能夠特地前來參加的父母；

能夠傾聽煩惱、宛如朋友般的弟弟。

然而，她總是獨自一人，總是覺得孤單。

過去辛苦的瞬間有如跑馬燈般不停地掠過眼前。

世琳突然意識到自己是不是閉上眼睛太久，於是偷偷睜開眼睛瞄了一下。

雖然還有幾個人在持續唸咒語，但是大部分人都聚集在前面或者在和旁邊的人輕鬆閒聊。

性子急的人已經把寶珠交給了維娜，等待著結果出爐。玻璃牆後的煙霧變得更加濃厚，很勉強才能看見主人的臉。世琳重新閉上眼睛，為了把尚未裝滿的不幸盡可能塞進寶珠裡，她默默站到了隊伍最後方。

「嗯……」

維娜像站上手術台的醫生一樣，一臉嚴肅地撫摸著寶珠。

她把收到的寶珠放在秤上秤重量，還用鑑定寶石的放大鏡仔細查看每個細節，最後才翻找她的大口袋，掏出一把把金幣分給大家。乍看會覺得她好像隨手抓隨手分送的樣子，但其實仔細看又並非如此，她會把已經發出去的金幣重新拿回一、兩個，也會從金幣口袋裡再多掏幾個出來補發，雖然不知道確實發了多少，但應該是有根據自己的一套標準在估算價格。有別於她的外表，其實是屬於嚴謹仔細的性格。

「啊，對了。」

看到這一幕，世琳想起了維娜最後強調的內容——寶珠的光澤很重要。

她偷偷環顧四周，發現已經有人和自己在想著一樣的事情，正在仔細檢查自己的寶珠。他們趁還沒輪到自己前連忙用衣服擦拭寶珠，甚至還有人對著寶珠哈氣，努力擦拭得更潔淨無瑕。

世琳也拿出自己的手帕，把寶珠擦了又擦。

雖然她不喜歡手帕上的老氣花紋，但是礙於媽媽的堅持，說以備不時之需，所以久而久之也養成了隨身攜帶的習慣。

長長的人龍不知不覺間已經變短，世琳還沒察覺到已經輪到自己，埋頭專心地擦拭著寶珠，結果維娜一臉不耐煩地直接將她的寶珠連同手帕也一起拿了過去。

「啊，那個……」

世琳嚇了一跳，驚訝地看著維娜，但是因為維娜渾身散發著可怕氣場，使她不敢繼續說話。

她把寶珠放到日光燈下，好讓自己可以看得更加清楚，然後敲打了好幾次計算機以後，拿了一大把金幣放到世琳手上，金幣多到堆滿了她的雙手。接著，她用世琳的手帕包覆寶珠，並將手帕末端打結，然後將其擺放到一堆寶珠當中。

當維娜用眼神示意結束，世琳只好被迫離開。

維娜一邊吞雲吐霧，一邊仔細看著從世琳口袋裡露出一角的門票。直到她確認所有人都離開以後，便拿出對講機。

「是，我剛才找到持有黃金門票的人類了。」

接到指示的維娜從抽屜裡拿出了一個小寶石盒，當她一打開那個盒子，一陣黑煙和一個黑影便溜了出來。

黑影在她周圍繞了一會兒，隨即站在了桌上。

「去跟蹤剛才離開的那個持有黃金門票的人類，這就是她的味道。」

維娜讓黑影聞了聞手帕的味道，影子便成了奇怪的形狀，嗅了嗅味道，然後再次變成了沒有形體的影子，往某處飄去。

接著，它很快就融入黑暗當中，不見蹤影。

維娜一邊用長長的鐵鏈修整早已打理好的指甲一邊說：

「可不能讓你如願以償。」

世琳是最後一個交出寶珠的人，當她走出不幸當鋪便迷失了方向。這都要怪她跟在長長人龍最後，結果因為運動鞋帶鬆開的緣故，明明感覺只是短暫低頭重新繫好鞋帶，卻在她抬起頭時發現前面的人早已不見蹤影，不知去向。雖然她加快腳步試圖追上，卻發現自己好像已經來到了截然不同的地方。本就昏暗的通道現在反而顯得更幽暗了。她徹底失去方向感，不知道該往哪裡走。

「有人在嗎？」

世琳用盡全力吶喊，但是得到的只有回音。正當她猶豫是否要原路折返時，她注意到角落一隅有支小火炬，彷彿是懸浮在半空中的感覺，在她的視線高度飄移，看上去有些詭異。然而，由於她想要去亮一點的地方，所以沒有多加思索，便往火炬的方向走去。

「這裡到底是什麼地方？」

走近一看，她發現火炬被固定在牆上的一個鐵環裡，旁邊還有一扇不明的生鏽鐵門，雖然沒有人站崗，但是從門上有鑰匙孔來看，應該是不能讓人隨意進入的鐵門。世琳出於好奇，嘗試輕推，果然紋絲不動。後來，她發現一塊標有紅色「X」標示的牌子，任誰看都會認為是禁止進入的標示。

「唉……」

世琳輕嘆一口氣，正當她準備轉身離開的那一剎那。

「原來您在這裡。」

熟悉的聲音從她頭頂上傳來。她轉過頭查看，發現是剛才看見留著八字鬍的妖怪，緊貼在她身後俯瞰著她，距離近到讓她覺得很有負擔。

世琳飽受驚嚇，連忙後退好幾步，要不是被鐵門擋住，她可能會退得更遠。

「那裡是地下監獄。」

世琳受驚的內心尚未平復，杜洛夫就馬上說道。

「監獄？」

世琳下意識地反問。她只知道這絕對會是一間奇特的商店，卻從未想過店裡竟然還會有監獄。

「那是個非常可怕的地方，一旦進去就很難出來。」

杜洛夫忍不住打了個寒顫，彷彿連回想都覺得心有餘悸。世琳嚥了一口口水，反問本該是杜洛夫要問她的問題。

「您怎麼會在這裡？」

「哎呀呀，瞧我這記性，容我向女士進行遲來的說明。」

杜洛夫拍了拍自己的額頭，但動作上是小心翼翼的，生怕弄亂了自己的髮型。

「我們店裡偶爾會有像您一樣持有特殊門票的人來訪，我們會對這類型的人提供額外優惠。」

「所以我也是這種人？」

世琳摸了摸口袋裡的門票，確認它還在不在。杜洛夫居然連在這種地方都還端著茶杯，一邊啜飲一邊回答：

「是的，如果不會冒犯，能否把門票借我看看？」

世琳拿出手中握著的門票，小心翼翼地遞給了他。杜洛夫戴上掛在脖子上有如項鍊般的眼鏡，仔細查看那張門票，他幾乎要把鼻子貼到了門票上。

「果然是黃金門票。」

杜洛夫吹了一聲簡短的口哨，世琳不知道此舉意味著什麼，只能默默觀察杜洛夫。

「如果您不忙的話，能否撥空和我一起去一趟導覽中心？我有很多事情要告訴您，而且我保證您聽了絕對會喜歡。」

世琳光是想到可以有機會離開這個地方，就感到很開心，所以欣然接受了這項提議。

「那請您跟我來。」

杜洛夫開始帶路，世琳緊跟在後。

很快地，他們的身影就消失在黑暗當中。

Episode 8 杜洛夫的導覽中心

跟著杜洛夫抵達的地方是距離商店入口不遠處的安靜空間，有別於昏暗的地下室，這裡燈火通明，眼睛還需要一點時間適應。杜洛夫轉動著擦得晶亮的門把。

「請進。」

率先映入世琳眼簾的是能夠照映出人臉的光亮大理石地板，通道兩旁則是擺滿了豪華沙發，一看就很高級，讓人不敢隨意亂坐。然而，她沒有看見半個人影，可能大家都回到商店安排的旅館休息了。

只有一名身穿藍色工作服的年輕男妖怪在角落忙著調整沙發的角度。他屏住呼吸，全神貫注，直到杜洛夫乾咳一聲，才猛地站起身，向杜洛夫敬禮。但也因為這個舉動，害他把剛才好不容易擺正的沙發又弄歪了。

「杜……杜洛夫先生！」

杜洛夫只是舉起手來簡單回應。

也不曉得是有每天打掃，還是今天是大掃除日，地板整潔到一塵不染。再加上壁紙和擺設家具全部統一是白色，所以甚至會讓人有走進醫院的感覺。世琳小心翼翼行走，生怕自己的髒鞋會留下腳印。果不其然，剛才那名男妖怪匆匆忙忙跑來，彷彿即將世界末日般慌張。

男妖怪幾乎是緊貼在世琳身後，跟著她的屁股後面拖地。正當世琳感到不好意思想要道歉時，杜洛夫先開口說道：

「這裡就是我的導覽中心。」

世琳不再頻頻回頭查看，而是朝杜洛夫手指的地方看去。果然還是一張白色潔淨的辦公桌，上面擺著寫有杜洛夫名字的三角桌牌。也許是明亮的日光燈所致，桌牌顯得更加閃亮耀眼，一旁還擺放著各種雕像，按照大小順序排列。雖然名為導覽中心，但是內部的豪華程度簡直媲美公司總裁的辦公室。

「這邊請坐。」

杜洛夫拿了一張帶有輪子的客用椅給世琳，他自己則是走進服務櫃檯裡，屈膝躲進辦公桌下問道：

「要喝咖啡嗎？」

「不用了，沒關係。」

杜洛夫沒有再問第二次，把手裡拿著的兩包即溶咖啡其中一包放下，然後拿起一台原以為是加濕機的滾燙熱水壺，在茶杯裡倒水。周遭頓時瀰漫著濃濃咖啡香。

「之所以特別邀請您來這裡，是因為……」

杜洛夫一邊將桌上堆積如山的文件挪移至一旁，一邊說道。乍看那些應該都是人類寄來的信件，將其攤開堆放。

「我想要仔細向您說明究竟獲得了多大的幸運。不好意思，請問您的大名？」

「啊，我叫世琳，金世琳。」

世琳因為忙著偷看文件堆裡有沒有自己寄來的信件而回答得慢了一些，在此期間，杜洛夫喝了一口咖啡，繼續說明。

「很高興見到妳，世琳小姐。正如我先前所說，妳的門票和一般門票有些不同，我們稱它為黃金門票。」

世琳再次低頭看了看自己的門票。聽完這番話，她突然覺得不知為何這張門票看起來好像變得更高級一些。

「黃金門票不僅能擁有多顆寶珠，還能直接查看裝在寶珠裡的幸福，挑選妳喜歡的寶珠，等於是一種間接體驗的概念。除此之外，妳不需要辛苦找尋商店，只要告訴我們妳想要哪一顆寶珠，就能透過我們提供的靈物隨時隨地移動。」

杜洛夫從一張彷彿是中世紀國王使用的高背椅上起身，伸手摸了摸擺放在三角桌牌旁排成一列的雕像中的一尊雕像。雖然世琳從未有過出國經驗，但她看得出來那是一尊海外旅行時都會買回來的紀念品，是一隻小巧可愛的動物形狀。

「讓我看看，該選哪個比較好呢……」

杜洛夫搓揉著雙手，依序輪流觀看那些雕像，宛如才剛投入錢幣、準備開始夾娃娃的小朋友一樣興奮。

他那徬徨猶豫的視線最終停在了排在最後面的貓咪雕像上。

「就這個吧！」

杜洛夫拿起雕像，嘴裡唸著一連串聽不懂的咒語。與此同時，還發生了一件令人難以置信的事情。

服務櫃檯的雕像開始搖晃，出現裂縫，明明直到剛才還是石頭的雕像，竟成了活生生的貓咪。貓咪抖了抖身體，把身上的石屑抖掉，然後跳到杜洛夫身上，瘋狂舔他的臉，害他滿臉都是口水。

杜洛夫好不容易讓貓冷靜下來，把牠從臉上拿開，放到了桌上。

「這小傢伙叫『伊莎』，看來是難得被喚醒，心情很好。」

名叫伊莎的貓趁著杜洛夫說話的短暫空檔，用前腳輕拍桌上的其他石像，將它們一一推倒，掉落地面。

所幸杜洛夫靠著迅速的反射動作，在石像掉落地面前，成功將它們統統接住。杜洛夫一邊努力整理著被貓舔過而變凌亂的髮型，一邊說道：

「伊莎是只提供給持有黃金門票客人的靈物，雖然看起來像一隻普通的貓，但牠有著獨特的能力。」

杜洛夫一把抓起剛準備要開始啃咬椅背的伊莎後頸。

「妳看，像現在就可以這樣把牠放進口袋裡帶著走……」

杜洛夫把伊莎放進夾克下方的口袋裡，貓咪滑了進去，只露出一顆頭在外面。然後杜洛夫又將牠從口袋裡取出，這次直接拋向空中。

世琳原本一臉呆滯地聽著杜洛夫的解說，但是瞬間被這突如其來的舉動嚇了一跳，連忙往貓咪掉落的方向伸手。然而，貓咪已經超出她能伸手搆到的範圍，伊莎一臉天真無邪的表情，完全沒有意識到自己正在墜落，隨即重摔到地面。

「不要！」

世琳下意識地撇過頭去，緊閉雙眼。過了一段短暫時間後，世琳帶著迫切希望那隻貓擁有特殊柔軟度平安落地，或者至少沒有受重傷的心情，偷偷睜開一邊的眼睛。然而，原本只有張一半的眼睛瞬間像是看到屍體般瞪到最大。

明明本該要有小貓在的地方，竟出現一隻有如冰箱般大的肥貓，正在用後腳撓著後頸；而且原本可愛無邪的小貓長相已不復在，取而代之的是張著半開眼睛，一臉厭世俯視著他們的肥貓。不只是體型變大了，就連性格也看起來完全不同。

「牠會根據墜落的高度隨意改變體型大小，絕對不會受傷，所以請您放心。」

杜洛夫像電視購物節目裡的主持人一樣，自豪地介紹著。

「要遠距離移動時，還可以靠牠代步。」

杜洛夫輕拍兩下手，巨大的貓懶洋洋地站了起來，慢吞吞地走到他們面前。杜洛夫彷彿坐在舒適的客廳沙發上一樣，雙腿交疊地坐在伊莎的背上。然後他站起身，拉了一下伊莎的尾巴，再鬆手放開，貓咪又回到了原本的大小。

世琳驚訝得目瞪口呆，張開的嘴巴也合不起來。

變回小貓的伊莎繞到服務櫃檯後方，也不曉得是從哪裡找到的，牠叼著一根像釣魚竿的玩具，遞到杜洛夫手中。

杜洛夫一手揮動著羽毛逗貓棒，一邊繼續進行說明。

「伊莎的嗅覺非常靈敏，除了有時候特別貪吃以外，牠在找路方面是非常出色的，甚至牠也很能理解人類的語言。假如有想要的寶珠，或者告訴牠妖怪的名字，牠就會將妳帶去那裡。」

這次，杜洛夫把雙手插在伊莎的腋下，將牠高舉起來，好讓世琳可以看見牠的臉。伊莎用水汪汪的大眼與世琳四目相交。看著牠那張可愛無瑕的臉，世琳的嘴角不由自主地揚起微笑。

「還有最重要的一點。」

杜洛夫拿出一顆自己的妖怪寶珠，放進了伊莎的嘴裡。

瞬間，伊莎的眼睛變成了藍色，開始射出光芒。光芒籠罩了世琳，世琳的眼前開始出現不知是幻影還是什麼的影像。

當模糊的影像輪廓變得愈漸清晰，光芒突然消失無蹤。伊莎嘴裡的寶珠又重新回到了杜洛夫的手中。

「我現在只是為了做說明讓您體驗看看，所以不必感到驚訝。伊莎和我們這些妖怪都可以看得到寶珠的內部，而持有黃金門票的人，只要提出需求，我們就能隨時展示寶珠內部的一部分。」

杜洛夫從後方口袋裡拿出一把斧頭大小的梳子，梳理了一下頭髮。

「當然，可以查看寶珠的時間很短，但一定能對於您挑選寶珠很有幫助。」

杜洛夫手掌上的那顆綠色寶珠，就如同他辦公桌上的三角桌牌一樣閃閃發亮。

世琳雖然對寶珠也感興趣，但她現在對於眼前一直在注視著她的貓咪反而更感興趣。

「您覺得如何？我們提供給您的特殊待遇還滿意嗎？」

杜洛夫用充滿自信的表情問道。

「很好，但這隻貓真的是要送給我的嗎？」

「當然，只要您在商店的期間，您就是伊莎的主人。」

杜洛夫把伊莎交給世琳，當世琳小心翼翼地接過伊莎時，突然出現「砰」的一聲，伊莎變成了一團煙霧，然後又變成一隻普通大小的成貓，在世琳的雙腿之間穿梭，用身體磨蹭。

「幸好伊莎應該是喜歡妳的，以前牠只要遇到不喜歡的客人，就會咬牠們的腳後跟，搞得我很頭痛，看來這次不會有這個問題了。」

世琳撫摸著將尾巴豎直高舉的伊莎背部。

「可是我從來沒有養過動物，有沒有什麼需要注意的事項或者伊莎的喜好等，可以先讓我知道呢？」

「注意事項嗎……」

杜洛夫摸了摸他那尖尖的下巴，認真思索。

「只要按時給牠吃的，牠應該就不太會惹事生非。不過……」

杜洛夫欲言又止，世琳沒有催促，選擇靜靜等待。

「伊莎對人類有著傷痛，當初我在外面的世界偶然發現牠時，這小傢伙是被人遺棄快要餓死的狀態，而我看牠可憐，所以才會把牠帶來這裡，變成了靈物。」

杜洛夫像是在自言自語似的，小聲地補了一句。

「但是不知道能不能轉世……」

「轉世？」

世琳聽到了杜洛夫說的那句含糊不清的話，立刻追問。

「哦，沒什麼……在這裡變成靈物的動物將獲得重新投胎轉世到人類世界的機會，換言之，這裡的這些小傢伙也可以看作是統統都在等待轉世的機會。」

杜洛夫指著那排放在大桌上的石像。

「伊莎是這裡最古老的靈物，然而，牠至今尚未轉世成功，因為若要順利轉世，需要有人類的愛注入灌溉，但是可能過去有遭受人類遺棄的記憶，使牠自始至終都吸收不了那份愛。」

世琳擔心說不定伊莎正在聽杜洛夫說這些話，所以查看四周，但伊莎反而躲在遠處的沙發底下，用前爪洗著臉，專心地梳理著牠的毛髮。

「看來是我說了不該說的話，這部分您不用在意，總之，重要的是您要找到自己想要的寶珠，趁梅雨季節結束前回到人類世界。」

杜洛夫從夾克的內裡口袋掏出一把看似古董的金黃色鑰匙，遞給了世琳。

「來，這是黃金門票最後一項特殊優待，您在這裡的期間，可以住在我們特別安排的頂級奢豪套房，裡面不僅有一張就連托利亞都能躺得下的柔軟大床，還能使用飯店提供的所有服務。除此之外，您可以使用房間裡的電話隨時與我聯繫，這部分再供您參考。」

杜洛夫喝了一口還在冒著熱煙的咖啡，用拇指和食指搓揉自己的八字鬍，原本弄直的鬍子又重新變得捲翹。

「好的，謝謝。」

世琳接過鑰匙，鞠躬致謝。這時，伊莎剛好走了過來。

「那就祝您有個愉快的時光。」

杜洛夫送世琳到入口處。

很快地，世琳便跟著伊莎消失無蹤，但是杜洛夫依然注視她的背影好長一段時間。

Episode 9 艾瑪的美髮沙龍

隔天一早，世琳埋在柔軟的床上想要繼續賴床，但是她感覺到好像有什麼東西在摸她，讓她在睡夢中醒了過來。她轉頭一看，是昨天帶回來的伊莎，正在用前腳輪流踩踏她的肚子。世琳把伊莎放在鋪有紅色地毯的地板上，然後張大嘴打了個哈欠。

床底下放著一雙印有知名設計品牌的高級拖鞋，似乎是為了迎合人類的品味而特意準備的，但世琳總覺得穿起來特別有負擔，所以選擇光腳走向洗手間。

「哇，洗手間比我家還要好。」

她打開只有小時候用過的蓮蓬頭，在頭上灑水，才變得稍微清醒一些。因為昨晚她一直想著等天亮以後就能得到自己想要的寶珠，導致整晚難以入眠。

前一晚，世琳輾轉難眠，滿腦子都在思考自己該選哪一顆寶珠才會幸福，然後一個畫面突然閃過她的腦海，是早上來到這裡的路上，在火車上看到的男學生，更準確地說，是那名男學生手拿的書本上寫有的校名。

世琳睜大眼睛，本就難尋的睡意如今更是徹底全消。黃色氛圍燈隱約照亮著房間內部，床上鋪著的花瓣依然散發著濃濃香氣。世琳用擺放在一旁的銀水壺倒了一杯水，邊喝邊整理思緒。

「是啊，去上大學，開啟新的人生吧。」

她甚至對於自己為什麼沒有趁早想到這一點感到訝異。可能是因為過去一直只想著跆拳道，所以早早就放棄了上大學的念頭也不一定。當同班同學三三兩兩聚集在一起討論著自己想要去哪一間大學時，世琳總是搭不上話，只能裝沒聽見或者悄悄離開。

世琳開始夢想過去一直不敢奢想的大學校園生活，儘管她只有在電視劇或電影裡看過，但光是那些畫面就已經很足夠。

「希望明天可以快點到來……」

她最先想到的是自己在風氣自由的校園裡悠閒漫步的樣子，她想要選擇自己喜歡的課程，而不是已經固定的課程，課後剩餘時間則是透過參加社團活動認識與自己志同道合的朋友。偶爾靠著打工賺的錢買點自己想要的東西，或者參加交換學生出國開開眼界也不錯。

世琳彷彿自己已經成了大學生一樣，內心充滿期待，甚至此時此刻沒有什麼比這更令她興奮的事情了。這下，她才終於感到床鋪是舒服的，開始出現睡意。

世琳簡單洗完澡出來，一邊用毛巾擦乾頭髮，一邊尋找伊莎。伊莎在床邊伸了個懶腰，一看見世琳便搖著尾巴走向她。

世琳的頭髮還在滴水，她彎下膝蓋，與伊莎平視。

「只要對你說出我想要的寶珠就可以，對嗎？」

世琳像是在確認似的詢問，伊莎的尾巴搖得更加賣力。

昨晚世琳就有注意到，伊莎除了擁有一些能力外，還有一個特別之處，雖然外表是一隻不折不扣的貓咪，但偶爾會做出像狗一樣的行為。像牠現在也是伸著舌頭在喘氣，抬著頭，盯著世琳看。世琳告訴自己，即便伊莎的叫聲是「汪汪」而非「喵喵」，也不要感到太訝異。

「再等我一下，我馬上準備好告訴你喔～」

世琳思考了一會兒該如何處理身穿的浴袍，最後決定掛回原本的位置。化妝檯上擺放著各式各樣的保養品和化妝品，但是世琳只有隨意抓了兩瓶看似是化妝水和乳液的東西，簡單塗抹在臉上。這段期間，伊莎則是乖乖地屁股坐地等待。

伊莎的面前放著一個空碗，似乎是牠自己叼過來的，昨晚世琳幫牠裝滿飼料的碗，如今早已空空如也。

「聽說你很貪吃，看來是真的。」

世琳想起了杜洛夫隨口說過牠很貪吃這句話，原以為昨晚倒給牠的飼料至少能吃兩天，沒想到竟然吃得一乾二淨，彷彿被人洗過碗一樣不留任何痕跡。世琳拿起了放在黑色桌子上的客房服務菜單。

如果是平時，世琳根本不敢點客房服務，但她手中有著昨天在當鋪得到的數十枚金幣。反正這些金幣也只能在梅雨季期間、而且只有這裡可以使用，所以沒理由猶豫該不該花。

「來看看，點什麼好呢？」

世琳從照片中選了一份看起來最好吃的早餐，用看起來像裝飾的房間電話點餐，結果過沒多久，她便聽見有人敲門的聲音。她開門探頭出去，發現一台及腰的服務餐車停放在門口。

餐車上放著一個蓋著蓋子的托盤，飄散出陣陣香氣，是會令人不由得張動鼻孔的香味。托盤旁邊還放著一張寫有自己房間號碼的紙條和帳單。世琳直接將餐車整個拖進房間內。

「唰──」

當她拉開窗簾，玻璃窗外的周遭景色一覽無遺。彷彿將某個城市的繁華區直接搬移至這裡一樣，以遼闊的原野作為背景，各式各樣的建築緊密排列，有正方形的建築，也有三角形和圓錐形的建築，甚至還有星形和菱形的建築。也不曉得這裡是不是有規定不能有相似的建築，所以大小、形狀都不盡相同。

世琳只有簡單地用麵包和牛奶果腹，剩餘的食物和甜點全都給了伊莎。

的確如杜洛夫所言，伊莎什麼東西都吃。看牠那小小的身軀吃得無比認真，不知道的人可能還會以為餓了好幾天。伊莎將盤子舔得乾乾淨淨，才露出滿意的表情發出呼嚕聲。

「伊莎，我思考過了……」

世琳用餐巾紙擦了擦嘴角上沾到的牛奶說道。

「我想要進一所好的大學，有可能嗎？」

世琳小心翼翼地問道，但是伊莎似乎是在表示沒問題，大叫了一聲。但說不定只是純粹因為吃飽飯心情好而已。

伊莎像是在叫世琳跟牠走似的回頭看了一眼，隨即跑到了飯店門外。

外面像是不曾下過雨般晴朗，陽光亮得刺眼，天氣更是好得沒話說。要不是手腕上配戴著手錶，世琳可能早已忘記外面的世界正處於雨下整天的梅雨季。

她看了看手錶，流到下半部的水量還很少，上半部留有滿多水量。世琳想起了杜洛夫一邊向大家展示喝到見底的杯子，一邊警告大家的那番話。

「假如在梅雨季結束前沒有走出商店的話，留在這裡的人就會從此永遠消失。」

世琳告訴自己絕對不能弄丟手錶，為了追上伊莎，她加快腳步。

「是這裡嗎？」

伊莎在一棟用紅磚砌成的三層樓高建築物前停下腳步，雖然建築物不大，但是牆面上覆蓋著爬牆虎，看起來宛如一件藝術品，十分漂亮。爬牆虎的綠色和磚頭的紅色形成了鮮明對比，顯得生機勃勃。世琳仔細打量了一下這棟建築物，緩緩靠近入口。

當她推開大門走進去，馬上響起了「叮鈴」一聲，通知有客人大駕光臨。

「歡迎光臨！」

世琳還沒完全踏進店內，就聽到一個等待她已久似的熱情招呼聲傳來。她抬頭一看，發現有個人幾乎是用滾的方式匆匆下樓，看起來像個急性子，不然就是非常喜歡有客人找上門，世琳認為應該兩者皆是。

聲音的主人是一名目測年約二十歲出頭的年輕女妖怪，她的臉上掛著燦爛笑容，熱情迎接世琳。她身上圍著一條沾有染料的圍裙，看起來像是剛從畫室裡出來的畫家，到處都是五顏六色的斑點。那頭藍色的頭髮也令人印象深刻。

「您好，我是來找寶珠的……」

「啊，看來已經是梅雨季了。」

她一臉欣喜到不知所措的表情，握住世琳的手腕，帶她走上通往二樓的階梯。

她利用爬樓梯的短暫空檔，詢問世琳的名字、年齡，並介紹自己是這間美髮沙龍店的首席設計師，名叫「艾瑪」。

相較於一樓只有幾把附有軟墊的圓柱形空椅子，二樓顯得客人較多。他們頭上都戴著塑膠套，手上拿著雜誌在翻閱。

艾瑪引導世琳到一張空椅子上。

「這邊請。」

艾瑪像是有什麼開心事似的，已經開始哼起歌曲。

「妳知道嗎？我已經很久沒幫人類剪頭髮了。」

艾瑪親切地向世琳搭話，彷彿世琳是她的常客一樣。

「那個……寶珠要什麼時候……」

「喔？妳已經忘了我們店的規矩了嗎？」

艾瑪幫世琳圍了一條薄薄的圍巾，她沒有給世琳回答的機會，繼續說道：

「因為要等使用完商店才能拿到寶珠啊，所以別太心急。」

然而，反而是艾瑪在焦急地尋找她要使用的髮夾和剪刀。末端帶有橡膠夾的紅色髮夾還算有迅速找到，但她似乎因為遲遲找不到剪刀而費盡力氣。最終，她把周圍弄得亂七八糟，只好向世琳尋求諒解。

「天啊，不好意思，能否稍等我一下？」

「好，沒關係。」

世琳覺得脖子上的圍巾繫得有點緊，但她沒有特別表現出來。艾瑪先是察看了一下坐在旁邊的妖怪腳底板，再叫對方從位子上站起身；然而，儘管如此，她仍找不到自己要用的東西，於是又挪到一旁的位置，重複相同的動作。世琳不禁開始擔心，再這樣下去艾瑪該不會要翻遍整間理髮店。

「咳咳。」

有人對著這樣的世琳乾咳了幾聲，世琳轉頭望向另一邊，那裡有著一名凌亂厚髮的妖怪，彷彿這輩子從未剪過頭髮，今天初次來到理髮店似的，用充滿好奇的眼神盯著世琳看。他的旁邊還坐著一名光頭妖怪，不知為何而來的樣子，卻和其他客人一樣頭戴塑膠套，只是也不曉得為什麼要戴的樣子。

明明沒有人問，凌亂厚髮妖怪卻突然開始做起自我介紹。

「嗨，我叫『布雷爾』，會在重要時刻把冷靜的心奪走，讓人類緊張不已。」

光頭妖怪也不甘示弱地插嘴。

「我會偷取你們做決定的心，尤其最喜歡趁你們在選擇菜單時，該怎麼說呢，看著你們在面對這種芝麻小事時都猶豫不決，就是我在這無聊地方生活的唯一樂趣吧。很高興認識妳，我叫『范斯』。」

世琳一時間不曉得該怎麼回應，所以猶豫了一會兒，正當她打算簡單介紹自己的名字時，光頭妖怪的表情突然轉變，聲音也變得十分刺耳，令人毛骨悚然。

「自我介紹就到此為止，可以開始填飽肚子了吧？」

突然間，這些妖怪的眼睛都變得血紅，尖銳的牙齒也變長，像極了恐怖電影裡典型的吸血鬼樣子。

「我要把妳活活吞掉！」

光頭妖怪將身上的圍巾像披風般揮舞，瞬間朝世琳撲了過去。世琳備受驚嚇，倒吸一口氣，將身體緊緊靠在椅背上。

這時，某處傳來一連串的撞擊聲響，彷彿有什麼東西滾落在地，原來是艾瑪被吹風機線絆倒，摔倒在地的聲音。然而，除了世琳以外，大家彷彿已經司空見慣，沒有人把視線轉向艾瑪，艾瑪也像沒什麼似的，泰然自若地站起身，只有輕輕拍了拍膝蓋，便一拐一拐地走了過來。

她的手上拿著一條比先前還要髒的圍裙。

「抱歉，等很久了吧？」

艾瑪直接忽略想要咬世琳頸部的范斯說：

「別在意，他已經一年沒見到人類，所以在跟妳開玩笑而已。這裡沒有會吃人的妖怪，就只是長得比較不同而已，吃的東西和人類幾乎一樣。」

范斯一臉有氣無力地抱怨：

「艾瑪，妳竟然剝奪我的樂趣，看來又要再等一年了。」

當范斯一臉惋惜地重回位子上，布雷爾拍了拍他的肩膀，示意要他加油，還在他耳邊說悄悄話，告訴他還正值梅雨季，說不定還會有其他人類來訪。原本愁眉苦臉的范斯聽聞此話，表情頓時找回活力。

艾瑪把圍裙套在脖子上，再把繩子向後繫在腰後方。圍裙上有著看起來很累贅的口袋，又大又鼓，足以讓人聯想到袋鼠。

很快地，口袋的用途就被揭曉。艾瑪把手放進口袋裡翻找了許久，然後充滿自信地拿出了抓到的物品。

那是有著銳利鋸齒的電鋸。

世琳差點就要放聲尖叫，她比剛才聽聞妖怪要吃掉她時，表情更顯得驚恐萬分。

「唉呦，不是這個啦……」

艾瑪流露尷尬笑容，再次翻找口袋。

她這次翻出了只有手指兩節大小的一把小剪刀，由於實在太小，看起來只能用來修剪鼻毛。艾瑪同樣將其重新放回口袋，這次她直接將整隻右手臂塞進口袋深處翻找，終於，她拿出了正常大小的理髮剪刀，雖然世琳納悶為什麼要把平凡無奇的剪刀藏在深處，但是因為艾瑪開心得直跳腳，所以害她不好意思開口詢問。

艾瑪用噴灑器在世琳的頭髮上充分噴水，然後開始用梳子梳理。原本打結捲翹的頭髮很快變得順滑整齊。

「看來平時不怎麼打理頭髮啊。」

世琳語帶含糊地回應：

「就只是……有點麻煩……」

艾瑪露出若隱若現的笑容，把手指插在世琳的頭髮間，開始剪髮。隨著剪刀喀嚓喀嚓作響，世琳的髮尾也掉到了地上。原本就不長的頭髮被剪到了耳下的長度，艾瑪拉了拉世琳的頭髮，對著鏡子調整左右平衡，然後打開架上的收納櫃翻找東西。

這時，一直臉色凝重地讀著報紙的凌亂厚髮布雷爾，抬起頭看向艾瑪問：

「艾瑪，妳有聽說了嗎？」

「聽說什麼？」

艾瑪的頭幾乎要整個鑽進收納櫃裡，她用辛苦的姿勢好不容易回應。

「最近好多商店都有發生失竊案，據說還沒抓到小偷，大家都在怨聲載道呢。」

布雷爾撫摸著和頭髮一樣茂密的落腮鬍。

「妳這間店還好嗎？」

「嗯，所幸目前為止還沒發生什麼事。」

艾瑪終於成功取下一個積滿灰塵的盒子，然而，與此同時，她也踩到了一坨頭髮，不慎滑倒在地，雖然發出了好大一聲，但這次依然若無其事地邊拍下沾在臉上的頭髮邊起身。

「可能是因為你們兩位每天都來我這裡，所以才會嚇得小偷不敢輕舉妄動吧。」

「果然，對吧？」

凌亂厚髮妖怪把客套話當成是真心話，得意地聳了聳肩。他用纖細的手臂嘗試擠出一點也不顯眼的二頭肌，並叫艾瑪來摸摸看。然而，艾瑪更加裝忙，連看都沒看他一眼。她把剛才拿出來的盒子拿給世琳看。

「這是用蒐集很久的人類讚美製成的營養劑。」

簡陋的盒子裡裝著更簡陋的容器，裡面是白色的液體，看起來有點像洗過白色顏料的水，也有點像混合了水和鮮奶油的液體。

艾瑪確認了一下標籤上的保存期限，然後打開蓋子，聞了聞味道。世琳也跟著深吸一口氣，卻沒有聞到什麼特別的味道。

「有時也會因為取用了一些不是發自真心的讚美，所以效果不彰。因此，一定要做樣品測試才行。」

艾瑪試著塗抹在自己的手背上，然後觀察了一下手背上的小汗毛。

「還好這個效果不錯。」

艾瑪露出滿意笑容，並將容器微微傾斜，將液體倒在手掌心上。艾瑪像是要塗抹在自己的手上一樣，不停用手掌搓揉那些液體，最後才塗抹於世琳的頭髮每一處。

「早晚都要用這個塗抹在頭髮上，要是繼續放任自己的頭髮是這種受損狀態可不好，這對於像妳一樣頭髮容易毛燥的人來說會很適合。」

艾瑪只是輕輕地撫摸幾下而已，世琳原本一直乾燥的頭髮竟奇蹟似的變得柔亮滑順，與此同時，世琳也突然想起了一段早已遺忘的記憶。

當時是世琳才剛開始去學跆拳道的時候，她正在練習當天才剛學的迴旋踢，感覺到有人在靠近她。

她回頭查看，發現是總是對她面帶笑容的教練。世琳緊張地以為是不是自己的動作沒有做對，但出乎意外的是，教練竟然說她很有天分。

教練說有些男生甚至還不如世琳的程度，給她大力稱讚，這讓世琳感到受寵若驚。她害羞得臉紅，為了掩飾自己的羞澀，她連忙低下頭，然而，教練還是豎起了大拇指，讓世琳的臉變得更加通紅。

世琳甩了甩頭髮，把不小心飄走的思緒拉了回來，回想起來，教練應該只是為了維持跆拳道教室的學生人數而隨口誇讚她的，她卻完全當真了。不過，對她來說當務之急是要找到寶珠，不必要的雜念盡可能延後為佳。

艾瑪用一塊像磚頭的海綿，細心地為世琳擦去黏在臉上和脖子上的頭髮，最後，她也解開了那條把世琳勒很緊的圍巾。

世琳同時享受著圍巾鬆開的解放感，以及第一次擁有滿意髮型的喜悅感，然後從位子上站起身。

「這樣總共多少？」

世琳把手伸進因為金幣而臃腫鼓起的口袋。

「我只跟妳收剪髮的費用，兩個金幣就好。」

艾瑪把營養劑裝進原來的盒子裡，還用緞帶綁了個蝴蝶結，交給世琳。當然，也不忘把寶珠一併拿給她。

散發著綠色光芒的寶珠十分美麗，光是拿到外面轉售也絕對能賣個好價錢。世琳雙手分別拿著盒子和寶珠，在艾瑪的送別下走到了一樓。

一樓的伊莎已經等到忍不住在附有靠枕的椅子上睡著，牠被艾瑪和世琳走下樓的腳步聲吵醒，打了一個大大的哈欠迎接她們。

「我可以在一樓休息一下再離開嗎？」

世琳指著一張沒有人坐的椅子詢問。

「當然可以。」

艾瑪爽快地答應了。

「距離關店還早，妳就好好休息再離開吧。啊，對了，使用營養劑的時候要小心，它非常滑。」

艾瑪說完又跌跌撞撞了一番，往二樓消失蹤影。世琳仔細地端詳著寶珠，裡面像是裝著夜空中的銀河，小小的光點緩緩旋轉。

「這裡面真的有我想要的嗎？」

世琳按照杜洛夫教她的方法，把寶珠放進伊莎的嘴裡，雖然她擔心伊莎的下巴會不會痛，但伊莎自行調整了自己的身體大小，讓寶珠可以順利含在口中。

世琳滿心期待地唸起了咒語：

「德魯．艾普．朱拉。」

伊莎的瞳孔顏色突然變成了和寶珠一樣的綠色，光線向四方擴散。

過一會兒，彷彿在夢中般，展開了一場幻影。

＊

世琳的眼前出現了過去只有想像過的美麗校園。

周遭一片綠油油的草地，富含歲月痕跡的哥德式建築配上筆直的樹木，顯得雄偉壯觀。膝蓋高度的灌木叢間，點綴著幾朵小花。

世琳因為聽見鬧哄哄的聲音而轉頭查看，結果發現不遠處有三三兩兩聚在一起聊天的年輕男女，他們不知道在開心什麼，甚至拍打著彼此的肩膀，笑得合不攏嘴，沒有人注意到獨自站在原地的世琳。

「叮鈴，叮鈴。」

越過那群人，一名賣力騎著腳踏車經過的人映入世琳眼簾。從季節上來看似乎是春天，但這位騎腳踏車的人卻身穿羽絨服，戴著厚厚的黑框眼鏡，是個男性。

世琳感覺到自己不由自主地跟隨這名男子，她低頭一看，發現自己的雙腳已經消失不見，而是用滑行的方式在移動，彷彿變成了幽靈。

男子騎上一個小山坡，進入一棟看似是宿舍的建築。他幾乎是把腳踏車用扔的方式隨手停放，然後不停地按著電梯按鈕，儘管電梯還要好久才會抵達。從他一直確認手錶的舉動來看，應該是有重要的約會或者遺忘了某個不能弄丟的東西。

「呼……」

電梯裡，男子深呼吸，努力安撫不安的心；然而，這個方法似乎沒有幫助，男子緊張的表情一點也沒有趨緩。

電梯門一打開，他立刻衝向了自己的房間，匆匆忙忙脫掉鞋子，完全不顧鞋子翻倒散落，急忙打開放在桌上的筆記型電腦。

「拜託。」

所幸開機時間沒有很長，一登入系統男子握住滑鼠的手便開始快速動作。

然而，最終還是停止了動作，他的表情像石頭般僵硬，時間彷彿靜止般，房間內維持了一段寂靜。

不久後，男子長嘆了一口氣。

他一直兩眼發愣地注視著電腦螢幕，畫面上顯示著電子郵件視窗，「很遺憾地通知您，您未能通過最終面試。」

「嗡——」

男子的手機開始不停震動，他用靈魂已經半登出的表情確認手機，是群組聊天室裡的人在傳送互相恭喜的訊息。

男子實在無法點開來看，直接將手機扔在桌上，把臉埋進了床裡。

手機震動得愈來愈頻繁，但是男子只有用棉被蒙住頭，不打算出來。

＊

世琳突然驚醒過來，她不知道時間究竟過了多久，確認手錶水量的確有減少一些，但似乎沒有經過太長時間。

世琳試著摸摸自己的臉龐，她像是突然想起某件事情似的，連忙查看自己的雙腳，所幸兩隻腳都完好如初。

伊莎跳上她的膝蓋，用充滿擔憂的眼神抬頭望向她。

「沒關係，伊莎。」

世琳溫柔地撫摸伊莎的頭，伊莎則是輕輕地將嘴裡咬著的寶珠掉落在世琳的手掌上，於是，她完全想起了剛才的那些畫面。

明明是世琳想要的大學生活，但她一點也不想要變成和男子一樣的處境。

世琳這下才終於明白，為什麼杜洛夫會說她持有黃金門票是莫大的幸運。假如不能像現在這樣預覽寶珠就直接拿取，絕對會後悔萬分。

世琳感到慶幸，深深地鬆了一口氣。

她重新思考，即使畢業於知名大學，還是會面臨就業的問題。

「把目光放遠一點，擁有一份好工作還是比較好，畢竟又不是上了名校就保證能找到好工作，不是嗎？」

世琳自言自語地點著頭，然後再次呼喚伊莎。

「伊莎，我想要別的寶珠，可以現在對你說嗎？」

半閉著眼睛的伊莎，在世琳的撫摸下站起身。牠豎起耳朵，似乎是在示意沒問題。世琳為了讓伊莎能聽清楚，盡可能張大嘴巴、咬字清楚地說道：

「等我畢業以後，讓我可以順利進入知名企業上班，也就是人人稱羨的那種公司。」

可能是因為世琳的發音非常清楚，伊莎立刻聽明白了她的心願，動作輕巧地跳到了地板上。世琳連忙幫伊莎開門，以免撞到玻璃門。

當門上的鈴鐺搖晃發出聲響，艾瑪又再度跌跌撞撞地從樓梯上走了下來。

「喔？現在就要離開了嗎？」

她對著世琳奮力揮動著雙手送別，世琳也謙虛地頷首道別。然後她連忙追上不知不覺間已經跑遠的伊莎，匆匆走出店門。

就在大門關上的前一刻，理髮店裡又傳來了一聲「砰」的巨響。

Episode 10　馬塔的書店

伊莎跑了一段時間之後，突然停在了路中央，緊跟在後的世琳為了避免踩到伊莎，急忙更改方向，結果差點向前栽了個跟斗。

「噹啷！」

從口袋裡掉落的金幣滾向四方。

「你突然停下來怎麼行啦？」

世琳連忙低頭查看地面，生怕丟失一枚。其中有幾枚金幣滾到了伊莎的屁股下面。

「伊莎，把屁股抬起來一下。」

但是依莎像是屁股被膠水黏住了一樣，文風不動，彷彿被催眠似的，兩眼無神。世琳順著伊莎注視的地方轉頭望去。

前面停放著一輛用搬運車改造成的老舊簡易餐車，輪胎裡的氣已經全消，外部鏽跡斑斑，幾乎已經看不出原來的顏色，看起來也像是被人使用過再遺棄的。不過餐車裡堆滿著各種看起來不太乾淨的街頭小吃。

伊莎盯著的是一隻和手臂一樣粗的炸蝦。

「誰？」

可能是感受到了動靜，鬢角留到下巴的妖怪從熱狗堆裡露出臉來。世琳嚇了一跳，連話都說不出來只有張著嘴巴。

妖怪用滿是汙垢的指甲指了指頭頂。

「頂棚？」

餐車的頂棚上布滿了洞，完全擋不住陽光。要是下雨的話，雨水一定會直接傾瀉而下。世琳的目光短暫停留在那宛如破布的頂棚布上。

「不是那個！」

妖怪吼道。他手指的方向落在頂棚正下方。那裡有一個用隨便撕下來的紙板製成的菜單，掛在衣架上。他用可怕的眼神盯著世琳，一副要是現在不馬上點餐，就會拿她當食材來處理的樣子。

世琳光是與他四目相交就嚇得她連忙從口袋裡掏出金幣，然後指著炸蝦和比較少有蒼蠅附著的香腸說：

「我要這個……」

妖怪一把奪走金幣，然後用沒戴手套的手直接抓起炸蝦和香腸，遞給世琳。

世琳盡可能小心不讓自己的手碰到妖怪，接過食物。雖然香腸上沾有幾片看似蒼蠅翅膀的東西，但她努力維持表情，不皺眉，所幸還勉強擠出了一個微笑。

妖怪盯著世琳看，似乎在問還有沒有其他需要的，世琳連忙道謝完，快步離開。

「謝謝，再見。」

伊莎叼著炸蝦，從牠乖乖跟在後面來看，那裡應該不是牠本來要去的目的地。世琳先假裝吃香腸，但是等她愈走愈遠，妖怪的身影已經消失在視線範圍內之後，她便把香腸遞給伊莎。伊莎已經把炸蝦吃得只剩下尾巴，伊莎變身成大型犬的大小，連嚼都不嚼就把香腸吞了下去。

世琳甩了甩手上沾染的伊莎的口水，等待伊莎再次帶路。所幸等待的時間沒有很長，伊莎趁著體型變大，加快速度往某個方向飛奔而去。

伊莎抵達的地方是一座和剛才的路邊攤一樣破舊的建築，甚至不禁讓人懷疑是否有人居住，因為破碎的窗戶被置之不理，牆面到處都是裂痕，甚至整棟建築還有些歪斜，讓人不會產生想要走進去的念頭。然而，由於伊莎拉扯世琳的衣服，她只好勉為其難地走向入口。

「唧——」

完全沒上油的門發出了刺耳的聲音，向內打開。

走廊內部和外部沒有太大差異。牆上的漆都已經斑駁脫落，鋼筋也快要外露，地上的磁磚大部分已破碎，幾乎找不到完好的。

與第一次來到妖怪商店時所看到的廢墟相比，好不到哪裡去。

只不過，走廊內透著明亮的燈光，世琳循著光線往漆黑的走廊盡頭走去。

「有人在嗎？」

她把頭探進敞開的大門裡，驚訝地發現那是一個四周全是書的空間。難以計數的書籍整齊排列在一個接一個的書架上，也有不少書籍是散落在地的。是一個看起來像圖書館又像倉庫的奇怪地方。

天花板上垂掛著像線球般的蜘蛛網，書架和地板上積滿著灰塵，幾乎沒有一本書能夠看清楚書名。

「怎麼會這麼髒亂？」

唯一稍微看似有打掃過的地方，是位於角落亮著一盞檯燈的桌子。桌子上堆滿了比桌子還要高的書籍，一名妖怪正埋首在這些書堆中。妖怪頭戴一種看起來像耳罩的耳機，哼唱著不知是歌詞還是什麼的。

世琳踮起腳尖，小心翼翼地避免踩到散落一地的書，往桌子方向走去。伊莎也重新變回小貓，跟在世琳後頭，踩著她走過的地方。

「不好意思？」

儘管世琳已經走到桌前，妖怪依舊沒有察覺到她，反而用更興奮的嗓音提高音量跟著音樂哼唱。然而，他五音不全，與其說是唱歌，更像在吼叫。世琳嘗試猜測究竟是什麼類型的歌曲，但是正當她想要放棄時，妖怪終於抬頭。

他可能只是為了伸個懶腰而抬頭，因為當他看到世琳時，整個人嚇得從椅子上往後摔了過去。他躲在桌子後方，只露出半顆頭，驚恐萬分地喊道：

「妳是誰？」

世琳回想自己是否有做什麼威脅的舉動，小心謹慎地回答：

「我是來買寶珠的。」

妖怪再將臉浮出桌面多一些，這樣看才發現原來是看起來像小學生的稚嫩臉龐，他頭頂上有著一個還不是很明顯的小角，尚未長出鬍鬚的臉頰上布滿著雀斑。

妖怪觀察世琳好幾回，才緩緩起身。

「妳說想要請我吃飯？」

世琳心想這又是在說什麼，反問道：

「什麼？」

小朋友妖怪滾動著眼珠，雙手交叉抱於胸前。

「我討厭豆子，所以不要請我吃有含豆子的食物。對了，茄子或香菇也不要，咀嚼的口感太軟爛。然後胡蘿蔔也不要，因為太硬了……。等等，妳該不會是吃豬肉或牛肉的野蠻人吧？」

世琳雖然好奇究竟這個妖怪還能吃什麼食物，但她還是連忙打斷了這段談話，以免事情變得更複雜。

「不是，我不是來請你吃飯的。」

妖怪用一臉無須擔心的表情安撫世琳，說：

「沒關係，我請妳吃甜點，畢竟妖怪是絕對不會白吃白喝的。」

他像是要準備立刻出門一樣，從衣架上拿下一件棕色格子大衣，把一隻手臂套了進去。那件大衣的長度看起來幾乎快要拖地，扣好釦子以後果不其然的確會拖地，世琳這下終於明白，為什麼只有桌子周遭沒有灰塵。

世琳既困惑又無奈，一時間也不知道該如何是好，正當她猶豫不決時，擺在桌上的一張小便條紙映入了眼簾，而一旁也剛好有一支羽毛筆和一瓶黑墨水。

世琳未經同意，就連忙用筆蘸上墨水，在紙條上匆匆寫下：

我是來這裡領取寶珠的。

小妖怪戴上一頂帶著毛球的毛帽，正準備要走出門時停下了腳步。所幸他可能理解了世琳匆忙寫下的紙條，於是回到原來的位子。他打開置物櫃，取出一顆閃爍著紫色光芒的寶珠。

「妳怎麼不早說。」

妖怪把毛帽重新掛回衣架上，也將大衣脫了下來。

「這是我持有的寶珠，不過在交給妳之前，請先答應我一個請求。」妖怪說道。

關於他誤會的部分，世琳沒有特別多作解釋，她決定先詢問對方要提出什麼請求。為了以防萬一，這次依然使用便條紙寫道：

什麼請求？

妖怪調整了一下坐姿，準備正式開始回答，並將掛在脖子上的耳機摘下。當他將耳機放在桌上，立刻傳出吵雜的音樂聲響，就連世琳都能聽得一清二楚。

「原來他聽音樂聽這麼大聲？」

世琳輕而易舉地猜測出這名小妖怪聽力不佳的原因。妖怪乾咳了幾聲，清了清嗓子。

「我的名字叫『馬塔』，叫我馬塔就好。」

他的表情不知為何顯得有些憂鬱。

「妖怪們是靠著偷取人類的心而活，所以在向人做自我介紹時，往往會驕傲地附加說明自己偷取什麼，但是我到現在還沒有真正偷取過什麼東西，我知道，這樣的我是不是看起來很沒用？」

馬塔的聲音微微顫抖，眼眶還噙著淚水。

「我苦惱了很久，好不容易鼓起勇氣告訴父親這件事，結果他說妖怪超過一百歲就應該自己解決自己的問題，但我明明現在才剛滿一百零二歲。」

馬塔抽了一張衛生紙擤鼻涕。

「我到底該偷什麼好呢？即便我在這裡翻閱了好幾年的書也沒弄明白。我想要偷一些其他妖怪沒有偷過的，卻又同時對人類有幫助的東西。」

妖怪用充滿期待的眼神抬頭望向世琳，世琳也想要幫助他，於是將筆尖蘸了一下墨水，最終卻還是什麼也寫不出來。馬塔嘆了一大口氣。

「有時不是會聽說有人在艱苦困難的情況中，依然實現了自身夢想嗎？其實那是因為我的父親偷走了他們想要放棄的心，我父親也因此而獲得了七次年度妖怪獎。但是相較於他，我還只是這副德性。」

馬塔縮起雙腳到椅子上，他將膝蓋聚攏，原本就看起來略顯單薄的體型現在顯得更加瘦小了。

「其實，我不是沒有嘗試過，以前我嘗試從人類那裡偷走『體恤』，然而，他們只是在人行道上抽菸、在地鐵裡大聲喧譁，並沒有出現符合我期望的改變程度，我也想要像父親一樣，偷到足以獲得年度妖怪獎的東西。」

馬塔握緊小拳頭，繼續說道：

「妳是人類，所以比我知道的多，請幫幫我吧。」

世琳看著幾乎是在向她懇求的妖怪，實在不忍心直接說不知道。更何況她如果要拿到寶珠，看起來也別無選擇。

可以和我一起找一本書嗎？

世琳為了爭取一些思考時間，只好先這樣說。馬塔像是早已找到答案似的，猛地從位子上起身，開心雀躍地蹦蹦跳。當世琳準備消失在書架之間的時候，馬塔直接叫住了她。

「不過，牠又是誰？」

馬塔指著緊跟在世琳身後的伊莎問。

「是妳的朋友嗎？」

馬塔乾脆爬上桌子，用充滿好奇的眼神俯瞰小貓。伊莎在世琳的雙腿間不停磨蹭。

「妳看，牠一直想要和妳在一起。我在書上看到，不論困苦還是快樂的時候，總是陪在身邊的人就是朋友，所以牠是妳的朋友嘍？」

世琳不知道該如何解釋，只有摸了摸自己的嘴唇，然後在便條紙上寫下自己的想法。

伊莎是在幫我尋找寶珠，雖然我們才剛認識不久，但是該怎麼說呢？和牠有變得愈來愈要好吧。

世琳不知為何對馬塔有一種很容易親近的感覺，所以直接不再用敬語對他說話，所幸馬塔也沒有特別介意。

「原來如此。其實我一直到不久前還有一名朋友，但現在已經沒朋友了。」

馬塔突然露出了一副立刻就要哭出來的表情。

「怎麼了？吵架了嗎？」

世琳不經意地說出了這句話，隨即意識到自己好像說錯話了。然而，沒想到馬塔居然聽明白了她的話並回答：

「沒有吵架，有一天他突然對我生氣，然後就從此消失了。我和『哈庫』從就讀妖怪學校時期就是朋友。」

馬塔的臉色一沉。

「應該是對我有什麼不滿吧，我只是幫他扔了個垃圾而已……」馬塔抽出一大把衛生紙，按壓在泛紅的眼眶上，開始嚎啕大哭了起來。世琳面對突如其來的狀況，不知該安慰他還是先暫時迴避才好。馬塔哭得十分傷心，甚至讓人難以搭話。

「怎麼辦……」

與其在這裡站著猶豫，不如讓他自己冷靜下來，把他要找的書找出來拿給他，可能會是比較好的做法。世琳這樣思考的同時，馬塔的哭聲也愈來愈大。

世琳悄悄走向書架，但她很快意識到自己錯了，因為她抽出的那本書上，寫著全是她看不懂的語言。

雖然她猶豫了一下，是否該就此放棄，但她心裡還是抱持著一線希望，決定再多翻閱幾本來看看。她隨手抽出一本又一本沾滿灰塵的書，很快地，雙手就變得烏漆墨黑的。

「這裡的書還真多。」

這些書架高得需要爬梯子才能伸手搆到，擺在上面的書也沒整理好，亂七八糟地插放在書架上。有些書看起來像是被人抽出一半的樣子，危險地掛在層架上，隨時可能會掉落，而現在世琳頭頂上的那本書正是如此。

那本書比其他書尤其巨大又厚重，單憑世琳一個人拿取應該會很吃力。它危險地掛在書架最上層，最終在世琳輕微地晃動下，還是掉了下來。

「砰！」

書角精準砸落在世琳的頭頂，她頓時失去身體平衡，摔倒在地。

「哎呀！」

所幸除了手肘有點小擦傷以外，其他地方並無大礙。這要多虧書本砸中世琳前，伊莎迅速地撲了過來，將世琳推倒在旁。變成山豬大小的伊莎走了過來，舔了舔世琳的臉頰。

世琳看到剛才自己站的位置掉落了一本桌子般大的書本，著實讓她捏了把冷汗，內心鬆了好大一口氣。她緊緊環抱住伊莎的脖子。

「謝謝你，伊莎。」

「怎麼了？發生什麼事？」

馬塔只穿了一隻腳的拖鞋，匆匆忙忙地跑了過來。

「對不起，我好像不小心把書弄掉了。」

「什麼？」

馬塔漲紅著臉走向世琳。

「妳找到我要的書了？」

「不，不是……」

世琳試圖解釋，但她發現已經沒有用了。馬塔查看掉落的那本書封面，順便閱讀了一下掉落時自然攤開的部分。

「這是……《海洋生物的奧祕》。」

馬塔流暢地閱讀著在世琳眼裡看起來像亂七八糟幾何圖形的文字。

「生活在海裡的巨蚌，會將傷害牠的小異物長時間包裹起來，淬鍊成美麗的珍珠。牠的重量可達兩百公斤，長度大約能長到一公尺……」

馬塔的聲音戛然而止，彷彿被人突然摀住嘴巴一樣。

「就是這個！」

馬塔突然大叫，然後繞著四周跳來跳去，也因此，有幾本書又摔落在地。馬塔興奮地高舉雙手歡呼，他甚至沒有注意到只有穿在一隻腳上的拖鞋早已脫落。世琳一邊揮手好讓灰塵散開，一邊不停地咳嗽，而馬塔如此欣喜若狂的行為，也導致他踩到堆積在書架角落的書籍，直接滑倒在地，頭下腳上地摔成了倒栽蔥。

儘管他的頭髮亂如鳥巢，一邊的鼻孔還流著鼻血，依然開心地咧嘴笑著。

「我決定了！當人類經歷非自願的痛苦時，我要從他們身上偷走埋怨的心。這樣反而能幫助他們，藉由一段痛苦艱難的時光，締造出屬於自己的美麗寶石。」

馬塔走向世琳，握住她的雙手，頻頻道謝。世琳不太明白為什麼馬塔要向她致謝，只好面帶尷尬又不失禮貌的笑容。

「來，我要把寶珠交給妳了。」

馬塔把比他身體還要大的書頂在頭上，從位子上站起身。這樣看才發現，馬塔的身高雖然矮小，但是手臂和雙腿相較於軀幹卻是粗壯的。

「妳要小心這些書，以前我有被書架上掉落的書砸中過，結果昏迷了兩天。」

馬塔說完遲來的提醒，便往原來的桌子走去。不過，走沒多久，他就停下腳步，歪頭思索。

「咦？奇怪了。」

世琳好奇地把臉湊到了馬塔的頭頂上，馬塔低頭看著散落一地的書籍，似乎是在尋找什麼東西。他用一隻手撐著頭上的書，再用另一隻手撓了撓下巴。馬塔的表情略顯凝重，世琳見狀忍不住好奇地拿出便條紙寫道：

怎麼了？

馬塔瞥了一眼便條紙，臉色依舊凝重。他開口說：

「儘管這裡的書看起來很凌亂，但我對於每一本書的位置可是記得一清二楚。」

馬塔指著自己的腳下，示意要世琳再靠近一點來看。他指的地方有一個四方形的印痕，明顯比其他地方積的灰塵少很多，正好是一本書的大小。

「如果我沒記錯，這裡應該是放著《彩虹寶珠之歌》的位置。」

世琳剛想要在便條紙上再寫些什麼，馬塔就像是讀懂了她的心思似的，繼續親切地解釋說明。

「彩虹寶珠只是傳說中的寶珠，據說擁有它的人可以實現任何願望，雖然聽說它在商店裡的某處，但是鮮少有人真正看過彩虹寶珠，可能只有族長或年紀很大的妖怪們才有親眼見過。書裡正是記載了讚揚那顆彩虹寶珠的音樂和樂譜，不過那肯定是胡亂編造的，因為我試唱過一次，結果所有人都摀著耳朵逃跑了。」

世琳雖然認為應該不僅僅是樂譜的問題，但她沒有把真實想法說出口。當她一時出神在想其他事情的時候，馬塔依然滔滔不絕地說著彩虹寶珠有多麼了不起。

「有別於只有人類才能使用的妖怪寶珠，彩虹寶珠是任何人都能使用，而且它也非常美麗，光看歌詞就能知道它是多麼珍貴的東西，我記得是這樣唱的……」

世琳趕在馬塔開唱前，連忙在便條紙上寫：

那本書會不會是被小偷偷走了？

馬塔的表情變得怪異。

「我也有聽說最近發生許多竊盜案件，但是妖怪們很少讀書，其實我在這裡也從未見過有妖怪來買書，所以假如真的有小偷來過，為什麼偏要偷書呢？這裡有更多比書值錢的東西啊。」

世琳也是這麼認為，假如自己是小偷，一定是鎖定珠寶店或銀行。即使這裡的保全鬆散，她應該也不會想偷走積滿著灰塵的書籍。正當她想像著蒙面偷東西的自己時，她發現馬塔光著的腳丫子與書本間，有著某個閃閃發亮的東西。

「那是什麼？」

她撿起來的東西乍看像金幣，仔細看卻是一件帶有精緻花紋的配飾。雖然看不出用途，但很顯然是不該出現在圖書館裡的東西。世琳把它和寫在便條紙上的文字一併拿給馬塔看。

「妳說這東西在我腳邊？」

馬塔把它拿到比較亮一點的地方仔細查看。

「看起來像很貴的東西，我對這方面不是很了解，但應該是女生用來打扮時會使用的東西，類似項鍊、胸針之類的。」

馬塔的視線停留在原本放有一本書的四方形印痕上。

「假如不是妳的，那應該就是來過這裡的人所遺落的。我猜，說不定是拿走這本書的人不小心把它掉在這裡。」

配飾只有圍棋的棋子般大小，像是在閃閃發光似的，十分耀眼。世琳突然想起在地下當鋪見到的女主人，當她一想到那位女主人身上配戴的寶石，就覺得要是在這裡掉落一兩顆也不足為奇。

「這個東西我先收著吧，說不定會有人來找回，或者是竊盜案的證物之一也不一定。」

馬塔用嘴巴吹掉灰塵，將其塞進了口袋深處。

「那我現在就來給妳真正的寶珠吧。」

馬塔用一隻手抓住世琳的手，幾乎用跑的往桌子方向衝去。他一到桌邊，連調整呼吸的空檔都沒有，就把預先準備好的寶珠遞給了世琳。

「雖然我很想直接送給妳，但是按規矩，妳得先在這裡買一本書才行。」

於是馬塔把自己頭上頂著的那本大書遞給了世琳，雖然世琳一點也不打算忽視他的好意，但是那本書實在太大，不是她能夠獨自帶走的大小。世琳猶豫了一會兒，不敢貿然收下那本書。

「是因為書太大了嗎？」

世琳面露為難地點頭，這時，馬塔敲了一下自己的頭。

「我忘記要從人類的立場去思考了。」

馬塔像是在自我懲罰似的，又敲了幾下自己的頭，隨即從桌子抽屜裡拿出了某樣東西。

「如何帶走書這件事妳不用擔心，只要用妖怪提袋來裝就沒問題。」

馬塔拿出一個比塑膠袋還要小的皮革提袋，只有手掌般大小。馬塔用另一手拿書，慢慢向世琳做示範。

「來，像這樣打開妖怪提袋，然後任何東西只要一靠近……」

明明是一個連書角都難以塞進去的提袋，但是當馬塔把書靠近提袋時，書就像被吸塵器吸進去一樣，「咻」的一聲進到了袋子裡。

「價格的部分，妳只要給我三枚金幣就好，本來連同提袋應該要收七枚金幣才對，但是既然妳幫了我，我就特別算妳便宜一點。希望妳喜歡這顆寶珠。」

馬塔又拿了一個妖怪提袋出來，將書和寶珠各別分開來裝，這樣一來，之後就不會搞混了。世琳覺得自己什麼也沒做，不確定能否收到如此貴重的禮物。

馬塔重新穿上剛才脫下的大衣，戴上毛帽後，將世琳送到建築物外。雖然他一直想要送世琳到梅雨商店外，但世琳掏出了黃金門票勸阻他。

世琳手腳並用，努力向他表達自己會一直待在這裡，直到找到滿意的寶珠為止。雖然馬塔感到有些遺憾，但還是替她加油，告訴她也許真能找到傳說中的彩虹寶珠也不一定。

馬塔回頭看了好幾次之後才走回書店，世琳也開始出發尋找附近有無可以仔細查看寶珠的地方。

世琳和伊莎的身影就這樣漸漸消失在看似隨時會倒塌的建築物後方。

直到那時為止，世琳絲毫沒預料到在此發生的竊盜案會與自己有關。

還有在書店內的期間，她也完全沒發現天花板上的陰影處，其實有著一隻巨型蜘蛛在悄悄地注視著她。

Episode 11 妮可的香水工坊

天空依舊湛藍，甚至是晴朗到透明的程度。雖然豔陽高照，但不是特別炎熱的天氣。

時不時吹來的徐徐微風拂過樹木和草叢，光用肉眼看就能感受到涼意。與此同時，手掌般大的樹葉在風中相互摩擦，發出悅耳的聲音，只要閉上眼睛就能馬上入眠，是一片平靜祥和的風景。

「喵——」

在樹蔭下的長椅上，剛才還叼著寶珠的貓咪已結束自己的任務，準備午睡。一旁，世琳用舒服的姿勢坐著，低頭看著手裡的紫色寶珠。

然而，她觀看寶珠的表情略顯暗沉。

*

寶珠裡映出的三十歲出頭女性，是一名不折不扣的職場女強人，身穿熨燙平整的雪紡衫，脖子上掛著員工識別證，走路步伐比誰都還要充滿自信。

她上班的地方是市中心最繁華的地段，也是其中最高的大樓，聚集著眾多公司，四周全是鏡面玻璃，在陽光的照射下如鑽石般閃耀。

「這不對啊……」

她比任何人都還要早到公司準備會議，但結果似乎不如人意，她將打好的文字統統刪去，整個上午都在忙著重寫文件。工作期間，她還被一名看起來像上司的嚴肅男子叫去，聽他叨唸責罵了一頓。上班前精心吹整的頭髮早已散亂不堪。

「還是先去吃飯吧。」

到了午餐時間，她和一名關係要好的女後輩同事一起去了附近一家餐廳，餐廳看起來滿高級，但她們似乎是常客，連菜單都沒看就完成了點餐。

等待餐點的過程中，她們時而說上司的壞話，時而聊前不久相親的事，都是一些瑣碎的日常小事。不過，她們聊得最起勁的是關於前同事的事情——原本是同一個單位卻在去年選擇離職。

「妳有聽說敏京的事情嗎？」

「什麼事？」

「她去年離職的時候不是說要開餐廳嗎？聽說最近那間店紅了，許多明星都有光顧過。」

她用筷子夾起所剩不多的壽司放進嘴裡。

「我也乾脆離職去開一間餐廳？」

「姐，可是妳不會做飯不是嗎？」

「不會做飯又怎樣，反正現在都是只要照著食譜就能做得出來。在我看來，最重要的是要選個好地點，再雇用幾個長得帥氣或漂亮的工讀生，這樣就能輕鬆當老闆了。」

她似乎光是想像就心情很好，臉上洋溢著幸福陶醉的表情，但很快又變成咬到石頭般的表情。

「早知道我也應該存點錢，要不是當初玩那些股票……。但妳應該還是有存不少錢吧？」

後輩應該是被米粒嗆到，邊咳邊說：

「我也是付完分期付款的費用和貸款以後就沒錢了。」

後輩一臉嚴肅，彷彿可以立刻拿出存摺來證明的樣子。

「那她還真好，我們的年薪加總起來都不如人家一個月的營業額，我什麼時候才能擺脫這裡呢？」

她看著手裡的小鏡子，補了補妝。

「妳看這皮膚都已經爛成這樣，這間公司不是加班就是聚餐，賺的錢都拿去看醫生了。」

最後，兩人都很有默契地拿了一根牙籤叼在嘴上。

「我今天應該又要加班了。」

「我也是。」

她們長嘆了一口氣，各自分開結帳後走出了餐廳。

＊

風吹亂了世琳的短髮，但她仍站在那裡一動也不動。不久後，世琳像是下定決心似的抬起了頭。伊莎也剛好在看著她，二者四目相交。

「伊莎，我想還是得找一顆新的寶珠才行。」

紫色寶珠似乎是因為在陰影下，沒有像之前那樣閃閃發光。

「我想要擁有一間以我的名義開的店面，尤其最好是一間漂亮的咖啡廳。」

世琳想像著自己在陽光灑入的窗邊優雅沖泡咖啡的模樣，陰鬱的表情這下才終於露出了一絲微笑。

伊莎用可愛的面孔喵喵叫著，再從世琳的膝蓋上跳到草地上輕輕坐下。伊莎把鼻子貼在地上聞了聞，彷彿自己是天線一樣豎起尾巴觀察四周。最終似乎找到了方向，朝著世琳大叫了一聲，然後再沿著小路勇敢地跑了起來。世琳也連忙將寶珠放進提袋，跟在伊莎身後。

「伊莎，慢一點！」

幫伊莎買了三個沾滿巧克力的甜甜圈之後，他們終於抵達一棟令人歪頭思索的奇怪建築。這棟建築背後有一片森林，奇特的是煙囪長在建築的側面，窗戶隨意不規則地安裝在各處，甚至就連屋頂的邊緣和牆角也都有窗。

屋頂是被切成斜斜的樣子，宛如有人原本試圖建造一座滑梯，卻在途中臨時改建成房子，建築外牆則是被塗得五顏六色，彷彿有人用顏料噴槍胡亂噴射。

很顯然，蓋這棟房子的人要麼喜歡獨特，要麼毫無美感可言。

「這裡應該是門口才對……」

找到走進建築物的入口並不困難，但是從門的上到下有著各式各樣的門鎖，隨便估計至少有二十個，就算有鑰匙，要進去一趟也看起來不是普通的麻煩。

世琳參觀了建築物一會兒，便往厚重的鐵門走去。

「砰！」

正當她準備要敲門的時候，房子裡突然傳來了巨大的爆炸聲響。世琳尖叫了一聲，踉蹌退後了幾步，伊莎也受到驚嚇，豎起全身毛髮。

黑煙從窗戶和門縫間竄出，世琳尚未弄清楚狀況，呆呆地望著建築物，不過也就在這段期間，原本看似絕對打不開的門竟開始發出喀嚓喀嚓聲響，各種門鎖開始被一一解開。

「咳咳，咳咳。」

大門一打開，濃煙直接迎面而來，與此同時，臉上沾滿黑煙的妖怪邊咳嗽邊往門外探出頭來。乍看應該和世琳年紀相仿，她頂著一頭凌亂髮絲，戴著被煙燻黑的護目鏡。

當她發現世琳用不知所措的姿勢站在門口，馬上投以充滿敵意的眼光。

「妳誰啊？」

她的聲音充滿警戒，彷彿剛才的爆炸是世琳搞出來的一樣。

世琳勉強擠出微笑，希望自己能盡可能看起來和善一些。

「我是要來購買這裡販售的寶珠。」

「寶珠？」

她眼神用力，像是要和世琳比賽誰先眨眼就輸一樣。世琳不自覺地縮起了肩膀，默默點頭。

「證據呢？」

「什麼？」

世琳的眼睛突然睜得又大又圓。

「我說，妳有什麼證據能證明自己不是來偷東西，而是來買寶珠的？」

她仔細打量著世琳的臉，又四處查看附近有沒有其他同夥埋伏；然而，她看到的只有一隻嘴角沾滿巧克力醬的貓咪。

「我現在非常忙，要重新製作被小偷偷走的藥品，就算熬夜趕工也未必能做出來，所以可不能放妳這種可疑的孩子進來。」

她一口回絕，打算將門關上。

「請等一下！」

世琳急忙叫住妖怪，拿出了黃金門票和妖怪提袋裡的一顆寶珠。

「如果是這個，可以當作證據嗎？我只是需要這裡的寶珠而已。」

妖怪摘下護目鏡，掛在額頭上，仔細看了看寶珠和門票。雖然她一臉嚴肅，但因為只有配戴護目鏡的地方是白皙的肌膚，宛如戴著護目鏡曬黑的人一樣，所以顯得有點滑稽。她眨起一邊的眼睛，將寶珠拿到陽光下查看。

「跟我來。」

所幸她的疑慮似乎已解除，她將寶珠用丟的方式還給世琳，轉身走進屋內。世琳為了接住寶珠手忙腳亂，但她還是趁門關上前驚險萬分地踏進了屋內。

房子內部如實展現著這個地方剛才發生過爆炸的樣子，沿著牆面看過去，緊密排列的玻璃瓶到處都有破碎的痕跡，殘骸四處散落，刺鼻的氣味瀰漫在空氣中，尚未消散。

世琳擔心說不定又會再度爆炸，站在門口裹足不前。妖怪見狀嚴厲喝斥：

「妳杵在那裡幹嘛？不是需要寶珠嗎？趕快來選一個帶走離開！」

妖怪指著半毀的陳列櫃，她的態度明顯是把世琳當成不速之客，希望世琳可以趕快離開。

世琳努力忽略妖怪不親切的態度，緩緩環顧四周。每個玻璃瓶上都貼著標籤，標籤上則寫著令人難以辨識的文字。瓶子的大小各異，從指甲油到洗髮精的大小都有，但每一瓶都看起來很高級。相對來說比較完好的陳列櫃底下，則是亂七八糟地堆放著香氛蠟燭和塑膠瓶。

世琳彎下腰，拿起離她最近的一根香氛蠟燭，它比一般蠟燭還要大且粗，看起來可以燃燒一整天。為了避免蠟油流下，蠟燭上方有一個凹槽，長長的燭芯垂落在外。

「看來妳不完全是個傻子嘛。」

隔著隔板約莫十步遠的妖怪一臉不情願地說著。

「那根香氛蠟燭是偷了能讓人類鼓起勇氣的語句製作而成。」

世琳轉頭看向她，但妖怪沒有瞧世琳一眼，一副是在自言自語的樣子，專注地用燒杯、錐形瓶等實驗器具做著某種實驗。點燃的酒精燈散發著淡淡的油味。

世琳也沒有回話，繼續往旁邊走，拿起一個長條型的塑膠桶。妖怪這次同樣沒有放過她，再度傳來一陣冷嘲熱諷。

「臭氣噴霧……妳可真是找了個適合妳的東西。那是人類說出蔑視他人的語句時，我暗中等待蒐集而來的，遇到像妳這種煩人的傢伙時，就可以用它來將你們趕走。」

妖怪這次依舊沒有看向世琳，一樣一邊專注實驗一邊碎嘴嘀咕。世琳認為其實她可以不必偷人類說的話，光是蒐集自己說的話，就足以製造出許多臭氣噴霧。妖怪一直假裝沒在看，但只要世琳伸手觸碰到某樣物品，她都會自動解釋一番。

世琳噘著嘴，放下所有東西，只留下最初選的香氛蠟燭，因為她擔心要是不小心選了一個帶有華麗裝飾的玻璃瓶，最後要掏出所有金幣支付也不一定。最主要是如果繼續拿著臭氣噴霧，她可能會在結帳前就忍不住用來噴妖怪的臉。

「好吧，就選這個了。」

世琳走向正在用戴著薄乳膠手套的手，拿著三角燒瓶仔細查看刻度的妖怪，儘管她非常想盡快拿到寶珠離開，但因為妖怪正在全神貫注地做實驗，害她不好意思搭話，決定選擇等待。

妖怪像是在對待新生兒般，小心翼翼地將放在桌邊的黑色陶罐挪移至自己面前。她用滴管滴了幾滴透明液體到那個罐子裡，罐內的液體開始燒滾冒泡，隨即冒出煙霧。不只是妖怪，就連一旁的世琳都緊張地吞著口水、凝視著罐子。

「嘶——」

不久後，有如水壺沸騰般的聲響傳來，世琳走進這裡前聽到的爆炸聲又再次響起，與此同時，罐子裡也噴出了火柱，而火焰正好掃過查看罐子內部的妖怪的臉。

雖然不清楚她究竟在做什麼實驗，但很顯然實驗並沒有成功。

當火焰平息之後，妖怪的臉黑得像煤炭一樣，每次只要一打嗝，嘴裡就會冒出一團團黑煙。儘管她的臉已經黑到夜晚走在路上會認不出來的程度，但她的頭髮卻神奇地完好如初。

「啊，竟然又失敗了！」

她抱怨了幾句，往牆上的一扇小門走去。從傳來的水聲判斷，她應該是在洗手間裡洗臉。

世琳忍不住笑了出來，但是為了不要被妖怪聽見，她摀住嘴巴，只有在心裡暗笑。她聽見牆後不時傳來謾罵。

妖怪離開後，桌上散落著各種科學課堂上才會見到的器材道具，其中最顯眼的就是剛才噴火的黑色罐子。罐子散發著神祕氣息，彷彿蘊含著魔力。

「這到底是什麼？」

她忍不住好奇，往罐子裡探頭查看。然而，她只看到一片像妖怪的臉一樣漆黑的內部。正當她準備重新抬起頭時，發現了一個足以讓她立刻忘記神祕罐子的顯眼物品。

那是一顆散發著彩虹色光芒的寶珠。

彩虹色寶珠與一些看起來像雜物的東西裝在小盒子裡，放在桌子的另一邊。

世琳像是被迷惑般，毫不猶豫地走向盒子。她從用完的臭氣噴霧罐、壞掉的門鎖、沾滿油漬的抹布中翻找，拿出那顆寶珠。

「這是……」

毫無疑問地，這是一顆彩虹色的寶珠。燦爛的光芒會隨著不同的觀看角度呈現不同色澤。

然而，世琳才剛拿起不久，就聽到妖怪開門的聲響。她驚慌失措，連忙後退，結果不慎屁股撞到了桌腳，都還沒來得及感受疼痛，就急忙把寶珠放進了黑色罐子裡。

妖怪圍著毛巾從洗手間走出來，看到世琳用尿急的姿勢站在那裡。妖怪立刻察覺有異，瞇起眼睛問：

「妳剛才在做什麼？」

「嗯？我只是隨便看看……」

世琳故作鎮定地回答，額頭上卻已經流下一滴冷汗。妖怪一臉懷疑，視線停留在世琳身上，一邊用毛巾擦臉，一邊緩緩走向她。

世琳覺得自己的心跳聲和剛才聽到的爆炸聲一樣大，妖怪經過她身邊，巡視了一下雜亂無章的書桌，果然，目光最終停留在黑色罐子上。世琳雖然已經試圖用身體遮擋罐子，但仍阻止不了寶珠的七彩光芒從罐子裡散發出來。

妖怪低頭看向罐子內，然後像世琳第一次發現彩虹色寶珠時一樣，張大了嘴巴。

「這是怎麼回事？它怎麼會進到這裡面？」

世琳緊緊閉上雙眼，她認為自己應該會拿不到寶珠直接被轟出去，不然就是被當成小偷關進地下監獄裡。

「嗯……」

妖怪發出了簡短的嘆息，除此之外沒有說任何一句話。於是世琳鼓起勇氣，嘗試微微睜開眼睛。

出乎意料的是，妖怪從黑罐子裡拿出來的東西並不是彩虹色寶珠，而是一根需要非常仔細看才會看見的細絲。

妖怪似乎對於世琳頂著瘀青的屁股盡力隱藏的寶珠毫不在意，不，應該說甚至是覺得那顆寶珠很礙事，直接將它拿出來扔放在桌面，任由它滾到桌邊，一副就算掉落在地或者不慎摔破都無所謂的態度。最終，寶珠還是掉到了地上。

「不行！」

世琳憑藉練跆拳道培養的運動神經，成功接住了寶珠。她用不亞於棒球選手的姿勢撲倒在地，鬆了一大口氣。妖怪依舊低頭看著手上的那根細絲，完全沒有理會世琳。

「這是妖怪的毛欸。」

她喃喃自語，當作世琳根本不在現場。

「對，就是因為這個，難怪，我的實驗怎麼可能失敗。」

妖怪戴上已經變成墨鏡的護目鏡，把所有燒杯裡的液體倒進了罐子。最後，她用滴管吸了一些可疑的液體滴入罐子，罐子裡才立刻像之前那樣冒出氣泡和白煙。

世琳以為又會再爆炸一次，連忙趴在桌子旁邊遮住耳朵。

所幸這次沒有爆炸。取而代之的是，黑色罐子裡充滿了宛如夜空星光般閃耀的液體。

世琳小心翼翼把頭抬到桌子以上的高度，露出滿意笑容的妖怪彷彿今天第一次看到她似的，滿臉驚訝地問：

「是妳把寶珠放進去這裡的？」

世琳做好了挨罵的準備，點點頭。

「謝謝。」

瞬間，世琳還懷疑了一下自己的耳朵是不是有聽錯，妖怪露出比初次見面時還要開朗的表情說：

「要不是這顆寶珠，我還不知道這裡面有這個呢。」

妖怪揮了揮手中那根猶如細絲般的髮絲。原來是因為發光的寶珠放進漆黑的罐子裡，才讓她發現了之前未曾察覺的髮絲。

「妳叫什麼名字？」

世琳立刻回答：

「金世琳。」

「很高興見到妳，我叫妮可，專門偷取人們說的話來製作香水。」

妮可伸出了另一隻沒有拿著頭髮的手，示意要與世琳握手。

「多虧妳，我總算鬆了一口氣。否則明天我猜房子可能就要被炸飛了。」

世琳完全同意她說的這番話，慶幸自己有趁寶珠消失前抵達這裡。世琳也伸出了沒有拿寶珠的手。

「不過，妳為什麼要緊緊抓著那個東西？」

妮可看著世琳像一隻鳥媽媽護著自己的蛋一樣把寶珠放在胸前，於是問道。世琳連忙將寶珠放回到桌上。

「對不起，我沒有打算偷走它，我只是看到彩虹寶珠，所以想要稍微觀賞一下而已，真的。」

雖然世琳因為感到錯愕而突然改用半語說話，但是妮可完全沒在意，真正讓妮可歪頭感到不甚理解的反而是因為其他事情。她用剛才握手的手撓了撓耳朵。

「彩虹寶珠？」

「就是這個。」

世琳指著剛才放下的寶珠，雖然寶珠看起來有些變化，但依舊散發著彩虹色的光芒。妮可看了看寶珠，發出了咯咯笑聲。

「雖然我也沒看過彩虹寶珠，但至少我確定不是這顆，因為這只是我所擁有的妖怪寶珠。」

妮可用掛在脖子上的毛巾擦了擦寶珠，寶珠像變魔術似的變成了黃色。

「看來是沾到了我放在那裡的油。」

正如她所說，寶珠不再發出七彩的顏色。世琳不敢相信地把寶珠拿起來轉動查看，但是不論怎麼看都和至今看到的妖怪寶珠一樣平凡無奇。

世琳的心情從剛才的興奮一下子變得低落，失望之情溢於言表。

「彩虹寶珠是連我們妖怪都很難見到的東西，我怎麼可能擁有那種東西，除非是非常年長的妖怪才有可能。」

妮可把燒杯推放到一邊，小心翼翼地將咖啡色罐子裡的液體倒入玻璃瓶中。

「其實那顆寶珠也是我今天早上才收到的，幾乎全新。雖然不是彩虹寶珠，但聽說對於人類來說是相當不錯的東西，對嗎？」

妮可說得沒錯，因為即使不是彩虹寶珠，這顆寶珠裡也有她想要的美麗咖啡廳。世琳再次撿起了寶珠。

「那我可以擁有這顆寶珠嗎？」

「當然，不過今天太晚了，妳就睡這裡吧，外面的天氣也很糟。」

世琳先是對於時間已晚這句話感到驚訝，後來又對於外面的天氣很糟這句話再次感到驚訝。因為明明在她抵達這裡之前，外面還是萬里無雲的晴朗下午。世琳連忙走向擠壓變形成橢圓形的窗戶。

正如妮可所言，外面早已呈現一片漆黑，而且還暴風雪肆虐，讓人無法辨識前方。假如現在要出去的話，看起來至少會需要馬塔的長大衣和毛帽。

妮可看著世琳把額頭靠在窗戶上，說：

「不需要感到太驚訝，這裡的天氣本來就變化無常。」

妮可打著哈欠，脫下了一放進洗衣機感覺就會馬上洗出髒水的實驗用罩衫。

「臥室在這裡，如果妳要過夜的話就快點跟我來。」

她換上了一雙一隻眼睛脫落的兔子拖鞋，往建築物裡面的階梯方向走去。世琳再次回頭看了看窗外，隨即和伊莎一起走上了樓梯。

妮可的房間不大，不過足夠讓世琳在那裡過夜。妮可把堆放在雙層床上的東西隨意扔放在地上，她把那個地方空出來給世琳睡，並從衣櫃裡拿出一條繡著胡蘿蔔圖案的薄被遞給她。

世琳爬上床梯，發出了嘎吱嘎吱的聲音，應該是很久沒人用了。世琳把妮可來不及收拾的兔子玩偶放到床頭，然後躺下來問道：

「我可以問一下妳剛才在做什麼實驗嗎？」

這是她從一進來開始就好奇的問題，卻一直沒機會問。

「喔！我在做閃耀糖漿。」

妮可換上和被子一樣的胡蘿蔔圖案睡裙，回答道。

「閃耀糖漿？」

「妳剛才也看到了吧，那個黑色罐子裡裝的就是閃耀糖漿。」

世琳想起了罐內宛如沙灘上的細沙般閃耀的液體，假如是自己要取名，應該也會取這個名字。

「我所製作的閃耀糖漿不僅是香水，也可以用來製作你們想要的妖怪寶珠，因為在上色的時候一定會用到，所以總是會預備一些，但是就在不久前，被一個小偷統統偷走了。」

妮可似乎光想到就氣，鼻孔不斷噴氣。

「所以我正在重新製作，但這幾天一直失敗，完全沒想到裡面居然有一根妖怪的毛髮。我猜應該是那名小偷的，不對，看這又長又捲的，一定是個女的。」

妮可重新拿出那根尚未扔掉的頭髮，長度足足有兩個手掌長，捲曲的樣子看起來像是有燙過。

妮可對身分不明的小偷詛咒痛罵了一番，只要其中一項真的實現，頭髮的主人將會終生過著生不如死的日子。

雖然世琳還想問許多關於彩虹寶珠的事情，但是妮可早已鼾聲如雷，進入深層睡眠。

Episode 12 波波的花園

世琳幾乎整晚沒睡。

首先是因為妮可的鼾聲大得令人懷疑是否又發生實驗爆炸，其次是因為她對剛才收到的那顆黃色寶珠深感好奇的緣故。

最終，世琳沒等到黎明天亮就小心翼翼地叫醒了伊莎，伊莎似乎也因為妮可的鼾聲整晚沒睡好，兩眼無神，但沒有顯露一絲不耐。

伊莎一咬住寶珠，周圍立刻染上了黃色的光芒。

原本躺著的床和妮可的香水工坊已消失無蹤，取而代之的是一棟看起來剛落成的現代式建築。

世琳眼前有一片擦得晶亮的玻璃窗，但她就像是不存在於那裡的人一樣，不見自己的身影映照在玻璃窗上。精心布置過的室內裝潢映入了她的眼簾。

這次也是無關乎世琳的意志，身體自動進到了建築內部。那裡雖然不是她想要擁有的咖啡廳樣貌，但已經是充分漂亮的咖啡廳了。

氛圍感十足的流行音樂傳來，菜單上滿是光看就讓人垂涎欲滴的水果刨冰和甜點照片。

然而，在本該座無虛席的下午時段，店裡卻空無一人。

空蕩蕩的室內只有一名看起來像老闆的年輕女子坐在櫃檯旁的椅子上，茫然地望著窗外。

「叮鈴鈴鈴——」

正巧就在這時，電話響起。從她毫不猶豫立刻接起電話的舉動來看，對方應該是她熟識的人。她先簡單問候了幾句，關心彼此的近況，隨後便開始向對方訴苦。

「就是很想死啊，唉。」

她說，剛開始在這裡開店的時候生意還很好，幾乎沒什麼可抱怨的，但隨著競爭對手如雨後春筍般在附近一間又一間開店之後，現在店內只剩蒼蠅在飛，生意慘澹。

「早知道我也應該像妳一樣去考公務員……」

她又繼續強調，不用擔心營業額或月租費，能按時領到月薪的地方才是最好的，並勸對方最好不要打離職的主意。

「天啊，妳還真是身在福中不知福，可以準時下班也不用擔心被解雇，甚至還有保障能領到退休金的工作，妳以為很多嗎？現在這個時代，『工作與生活平衡』才是最重要的，我要是能像妳那樣過生活就別無所求了。」

她原本一臉羨慕地講著電話的表情突然起了變化。一對情侶停在店門口，翻閱著擺放在門口的菜單。

「我們下次再聊！」

她連忙掛斷電話，然而，那對情侶只是看了看菜單，瞄了一下店內環境，最終還是走進了對街上的另一間咖啡廳。

年輕老闆娘的肩膀垂了下來，長長地嘆了一口氣。

*

忽然間，周遭景物變得模糊，宛如一層白霧散去，場景轉換。

世琳發現自己蓋著胡蘿蔔圖案的被子，躺在幾乎快要碰到天花板的雙層床上，胸口上則有一隻叼著黃色寶珠的貓咪在俯瞰著她。

伊莎將寶珠放於床邊，舔了舔世琳的臉。世琳也伸手撫摸伊莎的頭，伊莎發出了愉悅的呼嚕聲。

伊莎將世琳的臉幾乎全部舔了一遍，彷彿為她洗了把臉。世琳將伊莎移開，從床上走了下來。

「天已經亮了。」

窗外的陽光早已灑落進室內，伊莎也跟著跳下床，穿過世琳的雙腿，用牠的身體磨蹭。

「伊莎，抱歉，我們可能得找其他寶珠。」

世琳輕拍伊莎高舉的屁股，雖然她沒有思考太久，但也沒什麼好需要考慮很久的。

「這不是我想要的寶珠。我希望能無憂無慮，身心都能放鬆舒適地過生活。嗯……假如從事一份盡可能穩定的工作，會不會比較幸福呢？」

伊莎小聲地「喵」了一聲，跳上窗台，然後望向窗外，彷彿是在確認接下來要去的地方。

「早安。」

也許是被世琳的說話聲吵醒，妮可在床上露出了臉。她的臉腫得厲害，應該是睡很沉的關係，甚至連睜開眼睛都有些困難。

「睡得好嗎？」

妮可一邊摘下豆大的眼屎一邊詢問。

「嗯。」

世琳帶著充血的紅眼睛說了謊。

妮可伸了個大懶腰，用胡蘿蔔形狀的牙刷刷著她那尤其巨大的門牙。

「我不建議妳去那邊，因為那裡有『頑皮樹』。」

伊莎似乎也不太願意，站在窗前發出可憐的嚶嚶聲。

「頑皮樹是什麼？」

世琳強忍住哈欠問道。

「就是一些調皮到不行的樹木，非常令人厭煩。」

妮可說她總有一天會把那些傢伙聚集起來，拿來當柴火使用。她憤憤不平地說著，假如那些頑皮樹有鼻子，她早就用臭氣噴霧狠狠地教訓他們一頓了，但她也一不小心把漱口的水吞了下去。

「如果妳真的想去，我可以幫妳一把。」

妮可擦去嘴邊的牙膏說道。

「等我一下。」

她連睡衣都沒換，就匆匆走下樓。不一會兒，樓下傳來瓶子相互碰撞的聲音，然後她提著一個籃子走了上來，裡面裝著各式各樣的香水。

「妳先噴噴看這個。」

妮可拿起放在最上面的香水。當她輕輕按捏附帶在瓶身上的球囊，刺鼻的香味立刻瀰漫了整個狹小房間。

「這是我偷人類初次墜入情網時對戀人訴說的耳語製成的香水，妳噴它就暫時不會感到疲勞。」

的確如她所說，香水一接觸到衣服，身體就像走在雲朵上一樣輕盈。伊莎似乎也很愉悅，開心地躺在地板上滾來滾去。妮可伸手往籃子更深處去撈。

「讓我瞧瞧……這是蒐集媽媽們的叨唸製作而成，這裡還有用蒐集了『下次見』這句謊言製成的香水。」

妮可把堆滿香水的籃子遞給世琳。

「這些加起來也只要一百枚金幣而已。」

世琳翻了翻比以往扁塌許多的口袋，雖然她幾乎沒怎麼把金幣花在自己身上，但她因為買零食給伊莎吃而花了不少。世琳伸手指向了放在籃子最底下的香氛蠟燭。

「我應該有它就夠了。」

妮可撓了撓鼻尖。

「妳是指這個能給人勇氣的香氛蠟燭，是吧？這也不錯，這個只要一枚金幣。」

儘管妮可感到有些遺憾，但她沒有強求。

世琳婉拒了妮可提出再睡一晚的邀請，離開香水工坊。因為她覺得要是今晚再沒睡好，剩餘的梅雨時間應該都要拿來補眠，更何況手錶上的水量也已經明顯減少。世琳情急之下等不及妮可將鎖頭一一解開，她已經開始焦慮地在原地踏步。

跟著伊莎出發的世琳，手裡拿著一個小盒子，那是妮可叫她帶著路上享用的胡蘿蔔蛋糕，烤得焦如黑炭。

世琳心想：還是吃點這個吧。

她在附近找了一塊相對平坦的石頭坐了下來，把烤焦的部分去掉之後，發現已經剩不到一半，但分量還是足夠填飽她此時此刻的飢餓。

世琳把蛋糕放在膝蓋上，用手指沾了一下蛋糕裡的奶油，放到嘴邊。奶油在她口中瞬間融化，感覺身體的疲勞也一同消散。

「咦？」

正當她才剛吃下一口細細品味的時候，她低頭一看，膝蓋上的蛋糕早已不見。世琳轉頭看向坐在一旁裝傻的伊莎，伊莎故意避開她的視線，鬍鬚上卻沾滿著蛋糕屑。

世琳沒有對伊莎多作責備，只是拍了拍自己的屁股，從位子上站起身。儘管她的肚子咕嚕叫得厲害，但她一點也感受不到飢餓。

因為一片森林正在她眼前移動。

「這是怎麼回事……」

那些本該扎根在地上、直立不動的樹木，竟然在任意走動，甚至像在玩耍似的伸長樹枝互相打鬧。

世琳被這令人難以置信的景象嚇得愣在原地，一動也不動。長的樣子雖然是樹木沒有錯，但實在讓人難以稱之為樹木的東西正嘎吱作響地四處遊蕩。它們看起來像是在守護森林，也像是受困在名為森林的牢籠裡。

當世琳鼓起勇氣向森林邁出一步，伊莎也緊跟著站到了她的旁邊。

「呼嚕嚕嚕。」

伊莎將身體慢慢膨脹，似乎是意識到若要穿越這片地方，就需要做一些準備。當牠的身體大成一匹成年狼的時候，牠轉身背對世琳，做出示意要她騎上來的動作。然而，世琳沒有騎伊莎，只有幫牠撓了撓背。

因為她總覺得騎貓是一種虐待動物的行為，而且也對自己的跑步實力非常有自信。

世琳重新將運動鞋的鞋帶綁緊，深吸一口氣。

「好，我們走吧！伊莎。」

世琳的話才剛說完，伊莎便用後腿發力，率先衝進了森林。

樹木們立刻展現興趣，但伊莎靈活閃躲，動作異常敏捷。樹枝砸落的地方只有伊莎剛才留下的腳印。

受到伊莎的鼓舞，世琳也緊跟其後，衝進了森林。然而，這些樹木比從遠處觀看時還要快得多、敏捷得多。世琳很快就後悔了，但她的退路早已被追逐在後的樹木們封死。

「這不是我想要的……」

最終，才剛進森林沒多久，世琳的腳踝就被樹枝纏繞，整個人被倒吊在空中。她感受到自己離地面愈來愈遠，世界也是呈現顛倒的狀態。儘管她拚了命地尖叫，附近卻不可能有人能來救她。一向陪伴在她身邊的伊莎也不見蹤影。

有如怪物般的樹木把世琳當成是玩具一樣在空中左右甩盪，最終將她遠遠地拋飛了出去。她的耳邊充斥著尖銳的風聲，就這樣度過了一段時間。

「啊！」

世琳心想，自己這下完蛋了，只能這樣束手無策地掉落在地。她本能地用手抱住頭，但從這樣的高度摔落，應該沒有多大幫助。她一想到即將要發生的事情，就覺得眼前一片漆黑。

然而，她沒有感受到預想中的衝擊，反而感覺像是躺在柔軟的沙發上一樣，甚至感覺舒適。她好不容易回過神來，低頭一看，發現伊莎用宛如氣球般圓滾滾的身體接住了她。

「伊莎！」

世琳大大地鬆了一口氣，像是在溜滑梯一樣滑落地面。樹木們似乎以為已經解決掉她，沒有再繼續追上來。

確認完世琳安然無恙以後，伊莎又重新變回小貓的樣子。世琳緊緊抱住伊莎，用臉頰磨蹭牠。雖然伊莎看起來有點覺得窒息，但牠沒有掙脫，似乎並不討厭。

「不過，這是什麼？」

世琳放下伊莎，抬頭望向站在她眼前的一棵大樹。在她墜落的地方恰巧有一棵至今為止見過最高大的參天大樹，高聳入雲，遮天蔽日。

所幸那棵樹並沒有移動，但是粗大的樹幹上有著一扇小門。儘管樹幹上有門是一件奇怪的事情，但是由於最近實在經歷了許多怪事，所以她已經對於這種事見怪不怪了。

伊莎比世琳快一步走向門，這意味著寶珠就在門後方。

「叩叩。」

世琳敲了敲門，迫不及待地嘗試輕推那扇門。沒有上鎖的門無聲無息地向內敞開。

樹木內部和外部又是截然不同的世界。像操場一樣遼闊的空間裡，種植著各種樹木和花草。不知道光線是從哪裡照進來的，整個周圍都被照得耀眼明亮，害得世琳不得不閉上眼睛。

「喂，你這傢伙，給我站住！」

距離大門不遠的地方，一名老婆婆正在用拐杖追打著一棵小頑皮樹。然而，由於老婆婆的動作實在太緩慢，最終只是在對著虛空揮舞拐杖。頑皮樹不慌不忙地躲開了老太婆的拐杖，然後朝世琳站著的地方跑來。世琳大吃一驚，抱起伊莎躲到一旁。於是，小頑皮樹從世琳尚未關上的大門衝了出去。

空間裡維持了一段短暫的沉默。

「咻——」

一陣風從調皮樹消失的門口吹了進來。

世琳首先向老婆婆致歉。

「您好……那個，不好意思。您剛才是在忙什麼重要的事情嗎？」

老婆婆滿臉皺紋，卻笑得燦爛。

「沒事，不要緊。」

世琳心想，也許這裡就是彩虹寶珠的藏身之處，因為她認為應該沒有其他妖怪比眼前這位老婆婆妖怪還要年紀大了。頭巾間露出的白髮比雪還要白，她不停敲打著幾乎快要碰到地面的腰桿。

「妳是人類吧？這邊請。」

老婆婆指了指不遠處的一張桌子。

「要不要喝杯茶？」

世琳本來打算拒絕，但老婆婆已經開始往茶具櫃的方向走去。然而，由於老婆婆的動作太慢，世琳幾乎是自己為自己準備泡茶。

面對冒著熱氣的茶，老婆婆問道：

「妳是來取珠子的嗎？」

「是。」

正在等茶變涼的世琳連忙回答。老婆婆喝著用不知名草葉沖泡的茶，發出啜飲聲響。

「妳來這裡一定吃了不少苦吧？我是這裡的園丁，叫我波波就好。」

「啊，我叫世琳。」

世琳雙手合十，畢恭畢敬地回答。波波看見她這個樣子，笑得眼睛都瞇到看不見眼球，彷彿是在看可愛的孫女一樣。

「我在這裡用人類偷偷流下的眼淚和汗水養植花草樹木。」

波波用拐杖指著填滿整間房間的各種植物。那裡有盛開的花朵，也有含苞待放的花草。有些樹甚至看起來像已經枯死。

「它們清一色都在等待屬於他們的季節。」

世琳不太明白波波的意思，再次追問：

「屬於它們的季節？」

波波喝了一口茶，輕輕地點了點頭。

「每一朵花和每一棵樹都有屬於自己的季節。有些花是在春天盛開，有些樹要到夏末或秋天才會開出花朵。甚至在所有植物都結凍的凜冽寒冬，也會有展現自身存在的花朵綻放。我所做的事情就是蒐集人類努力的眼淚與汗水，照顧這裡的植物，讓它們在最適合的時機盛開。」

儘管因為缺了幾顆牙而導致發音不是很清楚，但是她的話語之間充滿了真誠。

世琳將雙手捧著的茶杯拿到嘴邊問道：

「那我剛到這裡時，您當時正在做什麼呢？」

面對世琳的提問，波波無聲地笑了。

「我在採摘頑皮樹的果實，本來是托利亞會來幫忙的，但他前天受傷了……」

波波沒有把話說完，用充滿同情的眼神望向被樹木遮擋、看不太清楚的房間一隅。世琳聽聞托利亞的名字，一方面是感到欣喜，另一方面又替他感到擔心。

「他傷得很嚴重嗎？」

世琳從樹幹間看見托利亞大大的頭部被繃帶纏繞，他似乎睡得很熟，鼻尖冒出一個又一個鼻涕泡泡，鼓起又破掉，不斷反覆。

「不至於到很嚴重，他只是追趕小偷時不慎被石頭絆倒。睡到一半醒來時，還說自己要去抓會冒煙的妖怪之類的夢話，然後又重新睡著。」

世琳聽聞「小偷」一詞，差點把才喝沒幾口的茶噴出來。

「這裡也有遭小偷嗎？」

波波看見世琳驚訝的眼神，連忙安撫。

「其實也算不上是小偷，因為也就只是偷走了幾粒頑皮樹的果實而已，那些果實是族長喜歡的，也是用來給妖怪寶珠上色的。不過它們的味道不怎麼樣，看來那小偷可能是餓壞了吧。」

波波雲淡風輕地笑著說。她繼續喝完茶杯裡剩下的茶，然後將喝乾淨的茶杯放到一邊，重新拿起了拐杖。

「那妳慢慢休息，選好喜歡的花再告訴我，我還有事要忙，先起身了。」

儘管是有事要忙的人，卻花了很長時間才邁出一步。要是急性子的人看見她用這速度走路，相信一定會搥胸嘆氣，因為看起來就和站著不動沒兩樣。世琳看著波波拄著拐杖，用不方便的雙腿好不容易站起身，心裡難免有些不放心。再加上儘管她貿然來訪、打擾到波波的工作，波波也從頭到尾都沒有露出一絲不耐或蹙眉，而是用親切溫暖的態度對待她，所以世琳希望自己能夠盡量報答她。

「如果您是要採摘樹木的果實，我可以幫忙嗎？」

波波的表情瞬間變得開朗，然而，她很快地揮了揮手。

「不用了，不該麻煩年輕人，我自己慢慢摘就好。」

「剛才是我把頑皮樹不小心放出去的，況且我也該付點茶錢。」

世琳展現積極的態度，波波也只好接受。

「那就麻煩妳了，真是太感謝，這怎麼好意思。」

波波用絲毫不會不好意思的表情說道。

「您需要多少果實呢？」

「不多，只要一把就夠了，但是果實很小，應該不容易找到。」

世琳將放涼的茶一飲而盡，然後從位子上站起身。

「別擔心，您就在這裡稍等我一下，我和伊莎一起出去摘果實回來。」

世琳踩著充滿自信的步伐走出門。原本趴在地上的伊莎也趕緊起身緊跟在世琳身後。

話雖如此，但是當世琳再次面對那些樹木時，雙腿還是不自覺地發抖。那些傢伙一看到世琳就朝她緩緩走來，她不禁感到這時有伊莎在身邊是多麼的令人安心。

世琳回頭看向已經變成巨狼體型的伊莎。

「伊莎，你辦得到吧？」

伊莎發出了有如猛獸般的咆哮。

「好，那這次就借用一下你的背吧！」

伊莎俯下身子，好讓世琳方便騎上去。她緊緊抓住伊莎有如鬃毛般炸開的頸部毛髮。

「我們不要被那些笨蛋傢伙抓到，採完果實就回去。」

伊莎沒有等待出發信號，直接像弓上的箭一樣衝了出去。

樹木們像發現屍體的鬣狗一樣迅速聚集，起初還只有三四棵樹，但很快就變成了數十棵樹，彷彿整片森林都移動了過來。

伊莎毫不畏懼地靠近那些樹木，正如波波所言，果實結在樹木最深處，一串一串的，小到從遠處幾乎看不見，頂多只比櫻桃大一點點。

「就是那裡！伊莎。」

終於，世琳到了伸手能摸得到那些果實的距離，但是就在她剛要抓住果實的剎那，樹枝們聚集起來將果實團團包圍。

最終，世琳和伊莎不得不後退一步，旁邊的樹木也開始用葉子和枝條保護果實。伊莎抬頭望向世琳，問她接下來該怎麼辦。

然而，世琳也一時想不到方法，但她不想就此放棄。不知道是不是因為和伊莎一起，還是因為對寶珠的執著，總之她並沒有想要放棄的意思，也或許是因為妮可為她噴的香水還留有一些效果的緣故。

伊沙正在低頭觀看掉落在周圍的樹枝，世琳對著牠的耳朵悄悄地說：

「你能跑得比現在更快嗎？」

伊莎發出了震耳欲聾的叫聲，足以讓樹木們震懾。

「很好，那就改變計畫吧，看來要直接摘果實很難，不如讓那些傢伙自己把果實交出來。伊莎，展現你的真實力吧！」

伊莎舔了一下世琳的臉頰，示意要她抓牢，然後開始用比剛才還要快非常多的速度奔跑。

世琳想起小時候唯一一次坐過的雲霄飛車，只不過這次沒有宛如生命線一樣的安全桿，而且跑的不是軌道而是森林。她連睜著眼睛都很困難，不禁流了一滴眼淚；耳邊也只聽得到踩踏樹枝的聲音。

「噠噠噠。」

伊莎按照世琳的意思沒有遠離森林，而是圍著樹木大幅度地繞圈跑。原本分散的樹木逐漸向一處聚攏，它們試圖抓住伊莎和世琳，但愈是這樣愈是對其他樹木造成傷害，因為每棵樹木都距離太近，等於互相阻礙彼此的行動。

伊莎穿梭在幾乎黏在一起的樹木之間，彷彿是在挑釁它們似的，幫它們火上加油。當牠從樹根下經過時，簡直就像軟體動物一樣趴在地上滑過。比起靈活閃避攻擊的伊莎，能夠在牠背上坐穩都沒掉下來的世琳反而更顯厲害。

「必須保持清醒。」

世琳強迫自己睜大眼睛觀察周圍，所幸正如她所想的那樣，樹木們一股腦地為了抓住伊莎而相互碰撞、混亂不堪。她還看見有些樹木因樹枝糾纏在一起而跌倒在地，其他樹木也因此而被絆倒，亂成一團。然而，被塵土覆蓋的樹木們依舊頑強地追逐著，一點也不覺得累。

「差不多了，伊莎。把它們引誘到遠一點的地方，然後我們回老婆婆那裡。」

伊莎簡短地叫了一聲，轉頭向森林外跑去。激動的樹木急忙跟在後面追趕。

森林又再次開始移動。

不久後，世琳回到剛剛發生騷動的地方，她從伊莎的背上跳下，站在地上。落滿殘枝和樹葉的地方，有著許多像彈珠一樣大的果實散落在地，隨便走都會踩到。

世琳再一次確認過沒有樹木追上來之後，小心翼翼地撿起了果實。所幸果實都有堅硬的外殼，大部分都狀況良好。在陽光照射下的五顏六色果實，顯得格外閃亮。

「哇，真漂亮啊。」

以果實美麗的程度來看，不僅是為了食用，就算用作裝飾也會讓人想要順手牽羊。世琳撿起果實裝好，把正在玩泥土的伊莎叫了過來。變成小貓的伊莎可愛地跑到她懷裡，世琳幫伊莎把鼻子上的泥土擦掉，然後往波波所在的大樹方向走去。

「嗯？」

世琳還沒邁出一步，便又重新回頭看了看，因為她覺得在轉頭的那一剎那，有和一個黑影四目相交，對方看起來像頭戴著黑色塑膠袋。雖然對方沒有眼睛，所以用四目相交來形容好像不太準確，但也找不到其他適合用來形容感受到對方在看自己的詞語，對方絕對是躲在石頭後面窺探著他們。

「明明是有東西的……」

世琳放下伊莎，小心翼翼地走向石頭。她降低身體，盡可能降低走路音量，走路的姿態和追蹤獵物的獵人如出一轍。周圍安靜得足以聽到吞嚥的聲音。

走近石頭後，也不知道哪裡來的勇氣，世琳猛地把臉湊了上去，查看石頭後方有什麼。然而，除了延伸在石頭後方的長長影子外，什麼也沒看到。

「難道是我看錯了嗎？」

她歪著頭，撓了撓凌亂的頭髮。伊莎也用充滿好奇的眼神繞著石頭四處聞氣味。世琳重新將伊莎抱起，摟在懷裡。

「走吧，伊莎，老婆婆會擔心我們。」

她覺得自己可能是因為太累才產生幻覺。回想起來，她幾乎沒有睡覺，整天被奇怪的樹木追趕，所以精神狀態也稱不上是多麼良好。世琳不再留戀，轉身繼續走她的路。

腳步聲逐漸遠去。

「咻！」

當世琳完全消失之後，石頭後方的影子開始竄出白煙。模糊的煙霧愈漸濃厚，最終聚集成像泥一樣的團塊。然而，它只有不停蠕動，沒有成形，再將體積撐大到比石頭稍高的程度。

然後久久不動地注視著世琳消失的方向。

Episode 13 波爾多波爾摩的餐館

世琳被刺眼的晨光照醒，她皺著臉，從位子上坐起身。她疲憊得連眼睛都還沒完全睜開，就已經連續打了好幾個哈欠。旁邊的伊莎簡直睡死，甚至讓人懷疑是不是真的斷了氣，一動也不動地把頭埋在枕頭邊。直到世琳把耳朵貼在伊莎的胸口，確認心臟還有在跳動，她才終於放下心來。伊莎似乎也感受到世琳的動靜，從睡夢中甦醒，伸了個長長的懶腰。

世琳兩眼無神地環顧四周，這是一個簡單的小房間，只有擺放著一張床和一張鋪有白色桌巾的桌子，沒有其他多餘的家具，但是從牆壁散發出來的淡淡木香味來看，足以堪比任何飯店房間。

世琳揉了揉眼睛下方的黑眼圈，重新回想昨天發生的事情。明明到昨天抵達樹屋遞交果實然後休息片刻這段都還有記憶，但後來的事情就不記得了，看來是陷入了沉睡當中。

一旁還有放著盥洗用的水和更換的衣服。世琳仔細地將沾有泥土的臉洗乾淨，脫去髒兮兮的衣服換上新衣，感覺整個人煥然一新。

世琳推開用樹枝編織而成的門，走了出去。外面有著一張熟悉的面孔。

「世……琳……」

托利亞先認出了世琳，親切地主動向她打招呼。

「托利亞！」

世琳快步走上前，一把握住托利亞鍋蓋般的大拳頭。托利亞的額頭上雖然斜斜地纏繞著繃帶，但看起來傷勢不到非常嚴重。他似乎也是剛醒來，嘴角到下巴有著長長的口水痕跡。這時，托利亞的雙腿間又出現了一張熟悉的面孔。

「您昨晚睡得好嗎？」

說話的人是波波。她面帶笑容，展現著特有的溫柔微笑。

「多虧您，我睡得很好，給您添麻煩了。」

世琳鞠躬道謝，波波拄著拐杖向前走了一步。

「請收下這個。」

「這是什麼？」

波波交給世琳的是一個小花盆，花盆裡有著一個小小宛如頭角的尖狀物，仔細一看，是剛生長的樹芽。

「這是作為昨天幫我採摘果實的報答，這可是我們花園裡最珍貴的東西。」

波波向充滿好奇的世琳解釋道。

「這是很久以前從人類世界帶來的竹子，這種植物神奇的是最初幾年會看起來像沒有生命跡象一樣，生長速度非常緩慢，尤其當其他植物都在發芽、開花甚至結果時，它也幾乎不會露出地面，只會以毫不起眼的樣子埋在地底下。」

她說得沒錯，裝在花盆裡的東西看起來更像是一片腐爛的木頭，而不是花草植物。

「不過它並不是在虛度光陰，因為它正在往別人看不見的深處扎根，等根部生長完畢，就會瞬間長成任何人都意想不到的高度。怎麼樣？是不是很有趣？我覺得它很適合妳，所以為妳準備了這個。假如沒有什麼特別想要的，不妨買這個吧，只要一枚金幣就好。」

世琳睜大眼睛，再次看了看花盆。由於她也沒有特別喜歡或想要擁有的花朵，所以自然沒有理由拒絕老婆婆用心準備的禮物。

「謝謝，那我就要這個吧。」

世琳拿出妖怪提袋，把花盆放了進去，從口袋裡掏出一枚金幣。托利亞代替老婆婆接過金幣，將它放進一只長形的瓶子裡，發出了清脆響亮的「鏘啷」聲。

「好，那麼……」

波波立起拐杖，翻找了一下袖子，從裡面取出一顆藍色寶珠。

瞬間，世琳的臉上閃過一絲失望的神情。波波注意到了，她問道：

「看來妳有期待拿到別的東西？」

世琳沒有多作隱瞞，坦白直率地說：

「其實我有想過說不定這裡會有彩虹寶珠。」

波波用充滿驚訝的眼神望向她。

「您知道彩虹寶珠？」

「我不太了解，只是偶然聽說，好像是比妖怪寶珠還要好很多倍。」

波波閉上眼睛，彷彿沉浸在回憶當中。

「彩虹寶珠啊……好久沒聽到這個名字了，在我年輕時還有經常看見這顆寶珠，因為所有妖怪都想要擁有它，它會幫忙實現願望。」

儘管她的說話方式極度緩慢，但世琳沒有多作催促。

「但貪婪總是招致禍患，某天，為了爭奪這顆寶珠而展開了一場大戰，最後是族長看不下去，親自出面擺平。他把彩虹寶珠分成了好幾個普通的妖怪寶珠，也就是對妖怪毫無用處的珠子，雖然彩虹寶珠的殘塊可能還存在於某處，但最近都沒見過。」

「原來……」

世琳想要努力裝作無所謂，但依然顯得有些失落。波波面帶安慰笑容繼續說道：

「假如在離開商店前都沒找到彩虹寶珠的話，不妨去找找看族長。」

「族長？」

世琳的眼睛睜得又圓又大。

「既然他都能把寶珠分成好幾塊了，應該也能將它們重新整合吧？族長可是所有妖怪當中最傑出的人。」

世琳用沒有把握的聲音問：

「族長應該是德高望重的人，他會願意見我嗎？」

「如果是您，也許是有機會的。」

波波看著世琳為了拿金幣而掏口袋時露出的黃金門票，說道：

「因為我們這些妖怪，每人只允許擁有一顆寶珠，但是您可以隨意蒐集所有想要的寶珠。」

世琳的表情因為充滿期待而變得愈漸開朗。

「那族長在哪裡呢？」

波波望向關閉的門外，她睜開那雙一直保持笑咪咪的雙眼。

「族長在妖怪商店的最高處，頂層公寓。」

世琳向站在大樹下的波波和托利亞揮手告別，走出了森林。進來時，讓她吃足了苦頭的森林如今是一片祥和，樹木們統統不見蹤影，沒有成群結隊的走在一起，甚至顯得有些荒涼；偶爾只有隨風飄動的樹葉在眼前掠過。

越過一條小溪，四處再次出現了一些建築物，看來已經確實走出了森林。

世琳找到一個地方坐下，把伊莎叫了過來，然後從妖怪提袋裡掏出了藍色寶珠，雖然不是彩虹寶珠，但她決定先有這顆寶珠就滿足了。

反正裡面裝有安穩舒適的生活。

像這樣一顆一顆地找下去，遲早有一天會拿到真正的彩虹寶珠也不一定。世琳想像著自己即將改變的人生，心情也好轉許多。

一旁的伊莎已經張開嘴巴做好準備，牠那唯有頭部單獨變大的樣子不管看多少次都還是讓人嘖嘖稱奇。

*

世琳瞬間進到了某一棟大樓，從大大的相框裡有著職等和複雜的組織圖來看，應該是某個公家機構所使用的建築。寧靜悠閒的辦公室裡有一些空無人坐的座位，偶爾也只有敲打鍵盤的聲響會不時傳來。相同尺寸的桌子和四周圍起的隔板不知為何讓人感到有些壓迫。

坐在辦公室裡最大桌子的男子緩緩起身，站著望向窗外。他做了幾個簡單的伸展動作，活動一下筋骨，然後屁股向後翹，開始揮動雙臂。

儘管姿勢看起來略顯笨拙，但男子卻是一臉正經地反覆做了好幾次同樣的動作。

很快地，男子拿出手機打電話給某人，約好了要打高爾夫球的時間。隨著聊天時間愈來愈長，他從桌子抽屜裡拿出香菸，邊講電話邊走出了辦公室。

一名女子一直在留心觀察這一切。

她坐在整齊排列的桌子中最角落的位子，假裝埋首工作，結果男子一走出辦公室，她的手便離開了鍵盤。

她看起來年近三十，穿著整潔，像一名新聞主播。然而，她的表情和辦公室裡的氛圍一樣嚴肅，儘管塗了紅色口紅，依然顯得毫無氣色。

世琳站到她身後，查看她剛才透過聊天軟體與人交談的內容。

「妳今天下班後打算幹嘛？」

「去見男朋友啊，怎麼了？」

「那這個週末呢？」

「我不是說過要去歐洲一個月了嗎？」

「對吼，那還是等妳回來我們再一起吃飯吧！」

「好喔！」

她將嬌小的身軀躲藏在電腦螢幕後方，開始滑起手機。

「唉。」

每當她用塗著裸色指甲的大拇指在滑動手機螢幕時，好多張照片都會瞬間往上滑，習慣性的嘆氣聲很快變成了讚嘆聲。

「哇。」

每張照片都是以異國風景作為背景的男子，不僅有著模特兒般的身材，還將墨鏡掛在額頭上方。照片旁還有簡短的自我介紹：

「旅行作家。」

男子的表情看起來無比幸福，與受困在灰色建築物裡的自己產生了鮮明對比。照片中的男子在翠綠色的大海中展現著古銅色的肌膚，他從事浮潛，也坐在有椰子樹的海邊喝椰子汁。還有一張是他揹著降落傘從飛機上一躍而下的照片，看起來既讓人膽戰心驚，又讓人暢快無比。

她帶著羨慕的眼光為每一張照片都點了「讚」。放下手機後，剛才還短暫開朗的臉龐又再次籠罩了一層陰影。

就如同電影放映結束一樣，周圍逐漸暗了下來。

*

漆黑的室內像是突然被開燈一樣變得明亮，世琳搖了搖頭，再次回到了商店。奇怪的是，看見幻影的時間時長時短，肆意變化，儘管她對此感到好奇，卻也認為沒必要特地去找杜洛夫詢問原因。伊莎將沾滿唾液的藍色寶珠吐在了世琳的膝蓋上。

「那個……」

世琳用拇指和食指輕輕捏住寶珠的兩端，放進妖怪提袋裡並小心翼翼地開口說：

「伊莎，我剛才思考過了，我應該是想要自由自在的生活，我希望可以去任何想去的地方。」

雖然她也有意識到自己好像說詞反覆，但伊莎似乎並不介意，反而高興地奮力搖晃屁股，搖到都快看不見尾巴的程度，彷彿是一隻期待著要和主人玩球的小狗。

「你都不覺得我麻煩嗎？」

伊莎沒有回答，只是把鼻子埋在草地裡不停聞著氣味。後來似乎是找到了世琳想要的寶珠所在位置，牠開始用四條短腿奮力奔跑。

世琳也快步跟在伊莎後方，他們倆瞬間就在巷子裡消失無蹤。

世琳吞了一口口水，抬頭仰望。眼前矗立著至今從未見過的龐大建築，並非只是高樓大廈，就連窗戶、大門，甚至是鋪在入口的腳踏墊都大得驚人。

她懷疑這棟建築應該是被力氣最大的妖怪硬生生拉大的，或者是用魔法棒施了魔法將其放大好幾倍，也有可能是在不知不覺間自己變小了。

不論是哪一種情況，她都不認為這棟建築實際上真的有人居住，若說是某一位鬼才建築師的展示作品還比較說得過去。

就在這時，建築物的大門開啟，彷彿是在嘲笑世琳的想法似的，真的有人出現了。

那是一隻體型碩大、與大門尺寸相當的妖怪，相較之下，托利亞會顯得像個孩子一樣嬌小。妖怪不假思索地敞開大門，卻看見世琳就在門口，害他飽受驚嚇。

「啊！嚇我一跳。」

獨眼妖怪的帽子上有著一個令人毛骨悚然的骷髏頭圖案，要是他沒有圍著一條帶有蕾絲的圍裙，或者手裡沒有拿著碎花圖案的湯杓，世琳應該早就頭也不回地轉身逃跑了。圍裙上別著的方形名牌寫著「波爾多」三個字。

波爾多屈膝彎腰，與世琳平視。

「什麼嘛，原來是個人類。妳來這裡做什麼？」

還沒等世琳回答，另一名長得一模一樣的妖怪走了出來，然而，可能是因為沒有配戴任何飾品的緣故，後來出現的這名妖怪看起來溫和許多。

「哥，可能外面世界在下雨吧，現在也的確差不多該下了啊。」

波爾多掐指一算，說道：

「這麼快就到了下雨的時候？」

「就讓她進來參觀看看吧。」

波爾多一臉不情願地用帶有警告意味的眼神盯著世琳看。

「但妳必須乖乖的，小丫頭。」

他邊說邊把那本來就很可怕的臉湊得更近。

「好……」

世琳不假思索地答應了。她抬頭望著商店的大門，這下才注意到門上掛著一個大大的匾額。

匾額上同樣刻著斗大的文字：

「波爾多和波爾摩的餐館」

店內被客人擠得水洩不通。

從入口處就能聞到濃郁的食物香味，喧譁吵雜聲和切菜聲混雜在一起，有如市集般鬧哄哄的。雖然偶爾有人會大聲吼叫，但似乎並不是在吵架。

世琳小心翼翼地走進店內，避免被喝醉的妖怪壓到。

正巧離她不遠處有一張空椅子，雖說是椅子，但是在世琳看來那更像是兩座巨大的梯子面對面交疊。

「哎喲！來了個可愛的人類客人啊。」

坐在隔壁桌的妖怪一邊抓起一把酒餚往嘴裡塞，一邊向世琳搭話。他也是個和波爾多一樣的巨型妖怪。髒兮兮的鬍子上還掛著剛才邊吃邊掉的零食碎屑，天藍色的夏威夷襯衫彷彿只要做個深呼吸，鈕釦就會隨時被彈開。

他突然伸出有如木頭般粗壯的手臂。

「很高興見到你，我是漢克，我都從人類那裡偷取假日想要好好洗澡的心理。」

世琳瞬間以為對方要傷害自己而縮了一下身體，最後只好一臉尷尬地握住了對方的手。

「您好，我叫世琳。」

漢克把握手的那隻手放到了地上。

世琳很快明白他的意思，站到了他的手掌上。漢克光是輕輕一抬，世琳就順利輕鬆地坐到了椅子上。

「謝謝。」

正當她的屁股才剛坐上椅子，波爾多又再次出現，手上拿著一個巨大的啤酒杯，足以讓世琳坐進去泡半身浴。

波爾多走到漢克面前，粗魯地放下了啤酒杯，裡面的啤酒四處飛濺，沒能來得及閃開的世琳，像極了一隻被雨淋濕的小老鼠。

波爾多不僅一句道歉都沒有，甚至還質問漢克：

「所以？把剛才的話接著說完啊，比爾為什麼不能來？」

漢克一口接一口地喝下啤酒，抓了一把花生塞進嘴裡，但有一半都掉了出來。

「比爾因為要顧旅館太忙……」

由於他一邊咀嚼一邊說話，語尾都含糊不清。

「旅館有什麼好忙的，比爾的旅館不是一直都很清閒嗎？」

「那是平時，現在那邊被用作提供人類住宿的旅館。」

漢克話還沒說完，就打了一個長長的嗝。腐爛的雞蛋味和地下水溝味同時竄了出來，害得世琳連忙掐住鼻子。

「不過，據說有幾名人類突然離奇失蹤，所以讓他很擔心吧。」

世琳原本沒有打算偷聽，但是聽聞這出乎意料的消息，害她忍不住轉過頭去。由於兩人的對話聲太大，即使不想聽也能聽得一清二楚。

「應該只是回家了吧？」

波爾多用絲毫不感興趣的口吻問道。

「聽說通常都會待到梅雨季快要結束的時候，最重要的是，他們的行李都還留在那裡，突然就離奇失蹤了。」

漢克把手指伸進口中，從臼齒處挑出了一根不知何時吃過的食物殘渣——菠菜，那根菠菜不偏不倚地往世琳身旁掉落。

「那說不定他們是在格羅姆的賭場裡賭博啊，賭到後來沒能回家的人類又不止一兩個。」

「但比爾還在那裡堅守崗位，擔心他們說不定會回來拿行李。」

「嘖，比爾的問題就是太善良。」

波爾多原本想轉身離開，卻發現只有勉強露出一顆頭於桌面的世琳。

「妳怎麼還在這裡？」

他揮舞著手中的碎花圖案湯杓，彷彿成了威脅武器似的，朝世琳的方向指了過去。

「參觀完就趕快出去，我現在很忙。」

「可是我是來這裡找寶珠的。」

「寶珠？」

波爾多一邊小聲嘀咕著「我把它放哪兒了」，一邊用湯杓撓了撓後頸。

「總之我現在很忙，妳下次再來。」

他沒等世琳回答，就大步離開。

漢克一臉醉醺醺地說：

「妳就多體諒他一下吧，因為商店節活動即將展開，其中尤其以這裡的食物大戰活動最有名。」

趁著漢克打了一個嗝的期間，地面突然開始劇烈搖晃，宛如發生地震一樣。

「他們來了。」

幾名體型壯碩的妖怪同時蜂擁而至，甚至讓大門顯得有些狹窄。他們的表情極其兇惡，不禁讓人懷疑究竟是來參加食物大戰還是做表情大戰。

其中一名面相最狠的妖怪猛地拍了一下桌子。

「波爾多！為什麼還沒上菜？應該提前做好準備才對啊！」

正好這時，波爾多兩手端著裝滿食物的托盤從廚房裡走了出來。

「這臭脾氣還是老樣子啊，鄧奇。你可別像上次那樣吃到一半就吐了。」

鄧奇原本就已經看起來像兇神惡煞，如今更像紙一樣皺成一團。

「哼，這次的我可不一樣。不過話說回來……怎麼沒看到比爾？」

這次換波爾多的表情垮了下來。

「比爾那該死的傢伙說他有事不能來。」

鄧奇像是聽到了世界上最好笑的笑話似的放聲大笑。

「真是的，比爾可是波爾多兄弟餐館的驕傲啊，他不在怎麼行？看來今年我們鄧奇餐館絕對是穩操勝算了。」

那群妖怪變得鬧哄哄的。

「你在說什麼呢，冠軍肯定是我們羅蘭德商會啊！」

一名肚子大到從褲頭裡溢出肉來的妖怪說道。雖然世琳認為這人絕對是冠軍候選人，但是看到一旁的雙頭妖怪，突然改變了想法。

就在世琳獨自猜測冠軍候選人的期間，一轉眼，活動已經完成開始前的準備。除了貼有「比爾」名牌的桌子外，其他所有桌上都堆滿了肉，那是普通人看到都會感到膩的分量。面對這些堆積如山的肉，妖怪們個個表情嚴肅，甚至是擺出一臉準備要上陣殺敵的戰士表情。

原本在各自的位子上喝酒的妖怪們也高舉啤酒杯聚集，雖然有些騷動，但也逐漸安靜了下來，大家都在盯著波爾多手中的鐘鈴看，等待信號。

就在波爾多準備要奮力敲響鐘鈴宣告活動開始之際，

「等一下！」

雖然聲音不是很大，卻足以劃破充滿緊張的氛圍。所有妖怪的目光都轉向了世琳。

「請問我也可以參加嗎？」

現場維持了一段短暫的靜默，直到有人發出笑聲，周圍的人才開始放聲大笑。有的妖怪甚至笑到流淚，波爾多同樣笑到上氣不接下氣，張嘴大笑，甚至還能看到他的喉結。世琳急忙趁波爾多還沒笑到昏過去之前補充：

「我只要付金幣作為報名費就能帶走寶珠，對吧？」

「妳是說，妳要參加我們的活動？」

波爾多好不容易冷靜下來回應。

「對，反正還有一個空位不是嗎？」

鄧奇也狡猾地笑著補充：

「看來我們多了個強勁的冠軍候選人呢。」

聽聞這番話，原本勉強忍住笑意的大肚子妖怪這次直接笑到向後翻倒。世琳被這些妖怪再一次爆發的笑聲吵得不得不遮住耳朵。

在一片喧譁吵鬧的氣氛中，有人提議讓世琳代替比爾參賽，當然，這只是說來讓大家笑的笑話，波爾多也不打算打斷這種氛圍。

「好吧，那參賽費用只收妳一枚金幣就好。順帶一提，獲勝的話可以拿到一百枚金幣，但妳其實也不太需要知道這件事。」

世琳在漢克的幫助下坐到了桌前，近距離看才發現，桌上堆放的肉分量比世琳這輩子吃過的肉還要多。儘管她已經有點後悔參加比賽，但是當她回過神時，比賽鐘聲早已響起。

「噹，噹，噹。」

隨即，店內充滿了妖怪們狼吞虎嚥的聲音，世琳也開始手忙腳亂地吃了起來。除了在花園裡喝的那杯茶以外，她幾乎什麼也沒吃，所以她狼吞虎嚥，沒嚼幾下就直接吞下肚。然而，她的肚子很快就撐滿了。世琳吃到差一點就要從喉嚨吐出來的程度，然後轉頭看了看旁邊，雙頭妖怪正在快速消滅那些堆積成山的肉。

「這太不公平了！」

世琳忍不住大喊。

「他等於是兩個人在吃啊！」

波爾多正在挖著鼻孔，他用圍裙隨意擦了擦手。

「那也是遊戲規則之一，只要能一起通過那扇門，不論幾個人都可以組成隊伍，妳如果覺得不公平，妳也可以自己組隊。」

波爾多原以為世琳會無話可說，沒想到她竟然充滿自信地回答：

「要組隊的話我已經有隊友了！」

「啊？在哪裡？」

波爾多環顧四周，還低下頭來查看桌子底下，果不其然，有個小東西在蠕動，那是一隻小到放進口袋會看不見的貓咪；波爾多用沾滿各種醬料的髒手指向牠。

「妳是說那隻流浪貓？」

「牠才不是流浪貓，牠叫伊莎！」

世琳扯高嗓音，彷彿是自己遭受屈辱般替伊莎打抱不平。

「伊莎一直都和我一起行動，所以我們是一隊的！」

波爾多挑眉，撿起一條熬湯剩下的鯷魚，扔給了伊莎。伊莎似乎連這條鯷魚都吃得很費力，牠的雙頰已被塞滿，半條鯷魚仍然裸露在外，牠用前爪抓著魚，努力咀嚼。波爾多見狀嗤笑了一聲，鼻涕也同時流了出來，他又隨手用圍裙來擦拭。

「好，那你們兩個就好好加油吧。不過時間已經所剩不多了，要加快速度嘍！」

「你確定喔？」

世琳問道。她的面前擺著幾乎看不出來有吃過的燉排骨。

「欸，我們可不像人類會說謊，所以妳還是快點吃吧！難道是打算吃到明年的梅雨季嗎？」

周遭其他妖怪又再一次放聲大笑。世琳的臉瞬間漲紅，她從位子上站起身，大家還以為她是要放棄比賽了，但她沒有走遠，而是走向漢克，然後伸手指向了牆上的櫃子。

「漢克，可以麻煩你把我放到那上面嗎？」

「妳說那個櫃子上？」

漢克再次確認自己是否有聽錯。

「對。」

漢克再次查看櫥櫃，那裡放著各種裝有調料和醬料的小碟。

「妳該不會是要幫肉調味吧？」

「不是，我現在很難仔細說明，快。」

世琳催促著。漢克也只好不再過問，伸出手掌。世琳踩在他的手掌上，並將伊莎也叫了過去。

「伊莎，來這裡。」

伊莎連忙將鯷魚吞下，跑向世琳，被世琳擁入懷中。

「嗯，其實我也不想這樣，但不得不這麼做。」

世琳舉起伊莎，與牠四目相交。

「我們初次相遇時，杜洛夫說的那些關於你的事情，都是千真萬確的事實吧？」

「喵。」

「如果要讓你的能力發揮極大化，就只有這個方法，對吧？」

「喵。」

「真的是安全的吧？」

世琳確認了好幾次，但是伊莎的回答始終如一。就在她和伊莎對話的期間，漢克的手也開始緩緩移動，然後抵達了櫥櫃。

世琳安穩地降落在醬油碟和胡椒罐之間，然後往下看，就像站在建築物頂樓一樣令人頭暈目眩。她做了一次深呼吸。

下面的觀眾紛紛抬頭看向世琳，波爾多依舊在挖鼻孔，漢克則是一臉不安地不斷摸著鬍鬚，甚至就連那些忙著大口塞肉的妖怪也在用餘光偷瞄世琳。

世琳將依莎高舉超過頭頂問道：

「伊莎，準備好了嗎？」

「喵！」

伊莎毫不猶豫地大叫了一聲。世琳緊閉雙眼，頓時鬆開了抓著伊莎的手。

這是任何人都沒預料到的舉動。

幾名妖怪急忙站了起來，導致幾把椅子翻倒在地。世琳瞇著眼睛，確認掉落在地的伊莎。所幸安全著陸的伊莎正在迅速膨脹身體，那是世琳至今為止看過最快的速度。伊莎的體型不僅超越了妖怪們的身高，甚至大到頭頂足以碰到天花板的程度。

與此同時，整個場內頓時變得鴉雀無聲。

儘管有人打翻了啤酒杯也沒有人投以目光。

波爾多因為手指插得太深，右側鼻孔流出了鼻血；漢克則是摸著坐在他前面的妖怪的頭髮，而非自己的鬍鬚。原本在喝啤酒的妖怪們從嘴裡噴出了啤酒，吃肉的妖怪們則是根本沒注意到正在咀嚼的肉塊從嘴裡掉了出來。他們清一色都掉著下巴，看得目瞪口呆。

唯有世琳帶著確信自己會獲勝的微笑。

世琳用所有妖怪都能聽見的音量大聲喊道：

「伊莎！一口吞掉！」

Episode 14　哈酷的資源回收場

由於伊莎不只吞掉肉，還把桌子、盤子也統統一口吞下，害得世琳不得不以金幣作為賠償，不過她還有相當充裕的金幣，所以並無大礙；況且，她還拿到了不少獎金。

世琳和伊莎在妖怪名人堂裡留下了名字，還並排印下了手印和爪印。位於身後的波爾多拍了拍世琳的肩膀。

「嘿，小傢伙，幹得不錯喔！多虧妳，今年我們的餐廳又保住了冠軍寶座。」

世琳知道波爾多的手指經常插在鼻孔裡，所以她一方面感到開心，一方面又感到有些骯髒。

「對了，我終於想到把寶珠放在哪裡了。」

波爾多摘下帽子，意外地發現紅色寶珠就在帽子裡。

「果然，哥，你還真蠢。」

一名胸前別著名牌「波爾摩」的妖怪走出來說道。

那是剛才在入口處見到、和波爾多長得很像的妖怪。由於自那之後就再也沒看到他，世琳原本還想著他去了哪裡，原來一直在廚房。

「這都要怪你。」

波爾多當場指責。

「都是因為你偷太多人類的記憶放進食物裡，結果連我的記憶力都變差了。族長不是說了嘛，只拿自己要用的分量就好。」

弟弟波爾摩緩緩向後退了一步，以免被波爾多的手指戳到。

「哥，我拿的可都是人類想要遺忘的不好記憶，要不是我，人類應該一輩子都得抱著酒桶生活呢！」

他說完最後一句話以後，停頓了一下。

「當然，有時候也會不小心偷走人類的重要記憶，害他們變得健忘……但那也是非常偶爾才會有的事情。」

波爾摩用食指和拇指比出極小距離，示意只有少數幾次的失誤。

「比起我，問題還是在哥你的身上。」

「我又怎麼了！」

波爾多大聲喊道。

「都是因為哥你從人類那裡偷走了老舊記憶，才會導致他們不記得童年啊！我可是還記得第一次來到這個世界和初學走路的時期呢。」

波爾多斥責弟弟，說他什麼都不懂還裝懂。

「蠢蛋，要是留下那些記憶，人類還會願意生小孩嗎？就是因為我偷走了那些記憶，他們才會不知道養小孩多辛苦，願意結婚生子。人類就是要不斷生育繁衍，我們才能不斷偷取記憶啊。」

波爾摩露出了一臉驚訝的表情。

「哥，你居然想得這麼遠？」

波爾多拔了一根露在鼻孔外的鼻毛，驕傲地回答：

「可不是嘛，人類要感謝我們才對。要不是我們，人類應該早就消失滅亡了。」

他們第一次意見一致地擊掌，不過波爾摩立刻皺起眉頭，跑到廚房去洗手。

世琳趁波爾摩回來再次與哥哥波爾多起爭執前，連忙從位子上起身。

「那麼，我會善加利用這顆寶珠。」

「喔！等等，妳得把食物帶上。」

波爾多慌忙起身，他把剛才弟弟波爾摩留下的塑膠袋遞給了世琳，裡面裝著大蒜麵包和橄欖油。

「來，拿著，這是我偷取人類嬰兒時期記憶製作而成的。」

波爾多一邊解釋，一邊打算徒手抓麵包，世琳見狀嚇得連忙將袋子一把拽了過來。

「謝謝，我會好好享用的。」

世琳在繼續挖鼻孔的波爾多和後來拿著抹布出來的波爾摩的送別下，走出了那扇巨型大門。

*

在某個充滿異國氛圍的寧靜飯店房間裡，一名男子趴在桌上。

凌亂的書桌上滿是喝光的紅酒瓶，地上則是散落著破碎的紅酒杯，似乎是男子在睡夢中摔破的。

世琳緩緩俯視這名男子，男子的腋下露出了筆記本的一角，雖然可能是因為在酒醉的狀態下寫的，所以字跡顯得凌亂不堪，但還算可以辨認。

這似乎是一本日記本。

今天聽說初戀即將要結婚了。
我原以為已經將她全部忘掉了，
為什麼內心一隅還是會隱隱作痛呢？

我以為只要忙碌地過日子，
就能把她徹底遺忘，
一直都是堅信如此……
時間又是什麼時候這樣悄然而逝了呢？
這真的是我夢想的生活嗎？
為了夢想和她分手，真的是正確的選擇嗎？

世琳忍不住輕輕地從男人的腋下抽出日記本，翻到了下一頁。這時，手機和日記本一起被拖了出來，手機的電量不停在閃爍，但螢幕上依舊顯示著男子原本在看的畫面。

朋友們的照片裡，
全都是和某人在一起的幸福模樣，
而我只有孤獨和寂寞，
內心的空虛要用什麼來填補呢？

今天尤其想念她。
那時為什麼不懂得她的珍貴，
為什麼現在才後悔。
要是能回到當初重新挽回她……
要是能回到當初和她重新在一起……

從下一行開始，字跡就因為被淚水沾濕而難以辨識。
男子在睡夢中不停呼喊著某人的名字。
日記本上的淚水逐漸暈開擴散。

＊

世琳慢慢放下紅色寶珠，伊莎看她沉默不動，走近身邊舔了舔她的臉頰。
「伊莎……」
儘管是與自己完全無關的事情，她的內心依然像壓了一塊石頭般沉重。信中那股深沉的孤獨感遲遲難以消散。
世琳摸著不停用頭在她胸口磨蹭的伊莎。
「老是這樣麻煩你實在是很抱歉……但我不想要這顆寶珠，想換成其他寶珠。讓我能夠與自己真正所愛的人結婚吧。」
然後她害羞地補充：
「可以的話，我希望是和初戀結婚。」

世琳想起了在跆拳道教室看到的那名男同學，臉頰突然泛紅。

大大的房屋逐漸縮小，又再次出現普通大小的房子。

可能直到剛才都是看到很大的房子，所以現在看一般普通房子反而顯得像玩具屋。然而，仔細一看，那些的確都是用玩具組成的房子。

看起來像磚頭的東西其實是小時候玩的樂高積木，原以為是屋頂的東西則是巧克力片。

伊莎咬了一口用餅乾做成的門片，並從其中一個地方走了進去——世琳都還來不及上前阻止就發生了。世琳一邊擔心該不會要用很多金幣來賠償那扇門，一邊加快腳步走進了玩具屋。

屋內擺滿了小丑玩偶和氣球，彷彿直到剛才還在舉辦派對活動，或者至少是販售活動派對用品的地方。除此之外，裡面還充斥著各式各樣的玩具。世琳小時候想要的東西全都被密密麻麻地陳列在商品架上。

這時，其中一隻小丑玩偶動了起來。它原本站在那裡一動也不動，眼睛也不眨，所以理所當然以為只是個普通的玩偶，但其實是一名活生生的妖怪。從其他玩偶都安靜不動來看，似乎都是真的玩偶。

「妳第一次來這裡嗎？」

妖怪戴著大鼻子眼鏡，嘴裡咬著用彩色紙捲成像舌頭的派對用口哨，每次說話時都會伸長縮短，害得世琳老是會不由自主地注意它。

「歡迎光臨，小朋友人類。」

妖怪突然放了一個鞭炮，旁邊一隻鬆開發條的猴子機器人敲打著手上的鑼，還不慎翻倒，簡直就是一場簡陋的歡迎儀式。

世琳拍掉沾滿在肩膀上的花粉，說道：

「您好，我是來找寶珠的。」

「喔，原來如此。我是『潘克』，專門取人類的好奇心來製作玩具。妳慢慢逛，這裡有很多有趣又神奇的東西。」

潘克指著四面八方的商品陳列架說道。

「然後寶珠是在這裡……」

轉過頭去的潘克突然嚇住了。他頓時語塞，就連自始至終咬在嘴上的口哨也掉到了地上。

「我明明把它放在這裡的啊……」

潘克彎下腰，仔細查看地面每一個角落，內褲都露了出來，但最終依然沒找到，臉上露出了錯愕的表情。世琳則是擔心該不會又遭了小偷。

「我要好好修理這臭小子！」

潘克勃然大怒，似乎是發現了什麼。

「難道這裡也有東西不見嗎？」

潘克拉扯著所剩無幾的側邊頭髮。

「抱歉，我應該多加留意、妥善保管的……」

「沒關係，不過，您知道是誰拿走的嗎？」

「嗯……應該是被我那調皮的孫子偷拿走了，他剛才來這裡玩，有個壞習慣喜歡亂碰別人的東西，都怪我沒把他教好。」

潘克為了擦拭眼角的淚水，暫時摘下了眼鏡。令人驚訝的是，原以為他配戴的是玩具大鼻子眼鏡，沒想到竟然是支普通眼鏡，也就是說，那是他真實的大鼻子。

世琳故作鎮定地問：

「那您知道孫子現在在哪裡嗎？」

「那小子應該是在他爸以前經營的資源回收場裡，一切都是我教養不當……」

世琳連忙攔住突然想要用頭去撞展示櫃角的潘克。

「不，沒事的，我有伊莎，我們可以去找找看。」

「那怎麼行，我怎麼能讓客人這麼麻煩……果然都是因為我的錯……」

潘克透過旁邊的門走進倉庫，竟拿起了跳繩纏繞在自己的脖子上，世琳見狀嚇得連忙跟了進去，出手阻止臉色已經開始發青的潘克。

「真的沒事，伊莎的嗅覺非常靈敏，馬上就能找到的，對吧，伊莎？」

「喵！」

伊莎自信滿滿地回答。

「應該是寶珠剛遺失不久他就來這裡的，所以您不必太擔心，知道嗎？」

潘克眼眶泛淚地抬頭望向世琳。

「那妳是打算原諒我了嗎？」

「當然，其實根本沒什麼好原不原諒的。」

潘克像是受到了大恩惠的人一樣不停抽泣，手裡的手帕早已徹底濕透。

「哈酷小時候就失去了父母，是個孤單長大的可憐小子，被我這能力不足、經營玩具店的爺爺獨自撫養長大。因此，我沒能把人類的好奇心統統偷走，導致那些長大成人以後依然喜歡玩具的人類……這也都是我的錯。」

世琳把原本打算從位子上站起身的潘克重新按回座位。

「您沒有做錯什麼，就算有，我也會全部原諒您，這樣就沒事了吧？」

潘克再次感動到熱淚盈眶。

「真是感激不盡……」

世琳雖然對於自己究竟是否有原諒對方的資格感到納悶，但她認為應該要先讓潘克冷靜下來才對，所幸潘克也逐漸恢復平靜。

「那我先走了。」

因為世琳覺得要是自己再繼續待在這裡，潘克很可能會從屋頂一躍而下。所以世琳連忙站起身，離開了座位。潘克重新戴好大鼻子眼鏡，不，是一般普通眼鏡，跟隨世琳走到了門口。

「妳是我的恩人。」

潘克站在門前，對著世琳深深一鞠躬，世琳也盡可能用最低的姿態接受道謝。

「那我先走了，再見。」

世琳再三確認潘克確定不會自行了結生命以後，才終於放心地轉身離開。

要去找哈酷其實一點也不難。

世琳跟隨伊莎抵達的地方是一間堆滿著廢棄物的資源回收場。然而，可能是因為完全沒有人管理，外面的圍籬沒有一處是完好的，泥土地上也雜草叢生，再加上還有嚴重的惡臭飄散。儘管破舊的招牌上寫著模糊的「資源回收場」字樣，但實際上更像垃圾掩埋場。

在一片看不見盡頭的遼闊空間裡，各式各樣的物品堆積如山，有些東西還因為堆得太高，若要爬到最上面，彷彿真的會需要登山鞋和登山杖。

世琳不禁心想，到底該如何在這種地方找到哈酷，但幸運的是她有伊莎。然而，即使有可靠的伊莎，這次也因為惡臭味而提升尋找難度。伊莎已經在同一個地方繞了好幾圈。

「你確定是這裡嗎，伊莎？」

世琳看著垃圾堆下有如兔子洞穴般的小洞問道。

「喵……嗚……」

伊莎的叫聲不如以往般響亮。

「看來只能親自下去看看了。」

世琳走在士氣低落、尾巴垂落的伊莎前面，率先下去查看洞穴。

洞穴裡一片漆黑，伸手不見五指。

世琳先從妖怪提袋裡隨便拿了一顆寶珠出來，雖然不到手電筒那麼亮，但至少可以幫助她分辨方向。然而，就算能看到前方，也沒有消除她的恐懼或刺鼻惡臭；相反地，由於洞穴的牆壁是由雜物堆積而成，所以隨時都有可能坍塌，這使她更加緊張，臭味也愈漸濃烈。

再加上洞穴狹小到只能讓一名小孩勉強通過的程度，儘管地面平坦，寬度也一致，卻很難看作是自然形成的，比較像是有人故意弄成這樣子的。世琳試圖彎下腰走進深處，但最終還是不得不跪在地上爬行。

所幸洞穴比想像中來得短。

通路的盡頭有著一個小房間，勉強可以挺直腰桿，房間裡透出的微光，和世琳手中的寶珠是一樣的光彩。她一想到說不定已經找到寶珠，雙腿就自動變得又有力量。

狹小的房間裡，一名面帶憂鬱表情的小妖怪正環抱雙膝而坐。他上身赤裸，也不曉得是因為天氣炎熱所以脫掉還是本來就沒穿，脖子上戴著一條破舊的領帶，褲子更是髒得像抹布一樣。

小妖怪沉浸在自己的思緒當中，儘管世琳已經走進房間，他也完全沒有察覺，只有癡癡地盯著放在腳前的寶珠觀看。寶珠散發的光芒照亮了狹小房間的每個角落。

「咳，咳。」

世琳故意大聲乾咳了幾下，這下小妖怪才意識到房間裡除了自己以外還有其他人在。他轉頭看向世琳，然後慢了半拍才出現驚嚇反應。

由於小妖怪驚聲尖叫，害得世琳也嚇了一大跳。他不停尖叫，叫到嗓子都沙啞了，但他依然沒有放下手裡的寶珠。

世琳試圖先安撫眼前這名驚慌失措的小妖怪。

「那個，我叫世琳，我是來找寶珠的，你的家還真是……嗯，該怎麼說呢……」

世琳好不容易找到了恰如其分的單字。

「很溫馨耶？」

小妖怪依舊滿臉驚恐地向後退，但很快就被狹窄的房間牆壁擋住了去路。慌亂的小妖怪為了將寶珠藏起來而塞進了褲子裡，但寶珠的光芒依舊從褲子的破洞處透了出來。

世琳一樣錯愕慌亂，不曉得該如何是好。兩人尷尬的對峙持續不斷。

「那是？」

這時，世琳注意到了一件東西，剛才小妖怪坐著的位子上放有一張照片。儘管已經被撕成了好幾片，但最大的那片還能看見一張可以辨識的面孔。

頭戴大耳機，臉上滿是雀斑，那是在廢墟書店裡見過的小妖怪——馬塔。

世琳這下子才想起為何對這名小妖怪的名字感到熟悉。她連忙叫住了正在挖洞準備往反方向逃走的小妖怪。

「我認識馬塔。」

小妖怪剛把頭伸進新開挖的洞穴裡，聽聞此話頓時停下了動作。

「妳認識馬塔？」

世琳沒有錯過小妖怪臉上短暫閃過的欣喜之情，但小妖怪很快又裝出一副生氣的表情。

「哼！馬塔是誰？我才不認識那個傢伙！」

雖然他嘴巴上這麼說，但他並沒有再試圖從洞穴裡脫逃出去。儘管他背對著世琳，但是他很顯然是在用心聆聽世琳說的話。

「不管你怎麼想，至少馬塔認為你是他的朋友。」

世琳觀察小妖怪的反應，果然有效。

哈酷緩緩轉過頭來。

「馬塔把我送給他的禮物當場扔進了垃圾桶，那可是我費盡千辛萬苦才找到的空罐頭，而且還是馬塔出生那年生產的百年罐頭……」

哈酷瘦小的肩膀在不停顫抖。世琳代替不在場的馬塔回應：

「馬塔一定是誤會了什麼，每個人都會有彼此產生誤會的時候，但是至少在我遇見他時，他是非常想念你的，哈酷。」

「真的嗎？」

世琳點點頭。

「馬塔說他以為你是要他幫忙扔掉，因為他聽力不太好……」

哈酷睜大眼睛。

「你不是他的朋友嗎？難道現在才知道？」

「什麼？那個……」

從他的反應來看，應該的確是現在才知道。

「你看，你也誤會了馬塔。」

世琳環顧了一下周遭，發現一台大音響掛在牆上。

「在我看來，比起空罐頭，送他那台音響他應該會更喜歡。然後重要的內容不妨試著寫在便條紙上拿給他，說得愈簡單愈好，那麼馬塔也會明白你的一片苦心。」

哈酷聽聞世琳這麼一說，忍不住哽咽說道：

「妳還真是個不錯的傢伙。」

哈酷用彷彿已經用過好幾次的衛生紙擦拭眼淚、擤鼻涕。然後他伸出了髒兮兮的手。

「我的名字妳已經知道了，我叫哈酷。我能將人類的心……」

哈酷明明也不是講話發音不清楚，卻語尾含糊地帶過。

「什麼？」

世琳再次問道。哈酷的臉紅了起來，他顯得有些害羞。

「我能將人類的心變得恰巧相反。」

哈酷用比螞蟻走路再稍微大聲一點的音量說道。所幸語尾有變得比較能讓人聽清楚了。

「因為我其實很孤單，所以把人類的心弄成了愈叫他們不要去做就更想要去做，當然，愈叫他們去做也就會愈不想做。」

哈酷像個犯了大錯的孩子一樣，用畏畏縮縮的聲音說道。

「當然，妳可能會不能理解……」

「不，我也稍微能理解。」

世琳將雙膝併攏而坐，就像哈酷一開始那樣。

「說到孤單，我也多少能理解，因為我一個朋友都沒有。」

哈酷想要說點安慰的話，但不曉得該說什麼，最後只好選擇沉默。

「不對啊，我很久以前也有一個朋友，她和我妹妹是最要好的朋友，但是現在已經不在身邊了，也不曉得她人在哪裡……」

眼看世琳變得有些沮喪，這次換哈酷不知所措了。實在忍不住的哈酷起身跑去了某個地方，最後手裡拿著一根小髮夾回來。

「妳拿去吧。」

世琳毫無想法地看著哈酷突然塞給她的髮夾，卻像是被什麼東西重擊了後腦勺一樣令她大吃一驚。

「這是？」

哈酷彷彿再次成了罪人一樣，抬不起頭。

「其實我也有偷拿人類的物品，就是那些明明有放在某處卻突然離奇消失的東西，妳也有過這種經驗吧？對不起，那些都是被我拿走的。」

哈酷的頭低得不能再低，幾乎快要往地下鑽洞了。世琳趁哈酷真的這麼做之前，趕快先抓住了他的手。

「謝謝，這是我以前真的很喜歡的髮夾。」

世琳摸著黑色細髮夾上的蝴蝶貼紙。

「回想起來，自從這個髮夾不見之後，我就和妹妹大吵了一架，因為我誤以為是她偷了我的東西。她和我體型相同，品味也相似，所以我們經常為了衣服或飾品吵架，原來是我誤會她了。」

世琳紅了眼睛，最後眼淚忍不住順著臉頰流了下來。哈酷本來打算把剛才用來擤鼻涕的衛生紙遞給世琳，但他緊急把手收回，伸進了褲子裡拿出寶珠。

「妳拿去吧。」

哈酷突然遞出寶珠，世琳吸了吸鼻子，抬頭看向哈酷。

「妳用一枚金幣買走髮夾，那就可以把寶珠帶走。」

世琳猶豫了一下，於是哈酷親自從她的口袋裡拿了一枚金幣，然後把寶珠放在她旁邊。

「謝謝，要不是妳我可能會一輩子討厭馬塔、誤會馬塔，我得立刻去見見他。妳知道出去的路吧？」

世琳默默地點了點頭。

「那以後再見嘍！」

哈酷鑽進他剛才為了躲避世琳而挖的洞穴，然後像是忘了什麼重要的東西似的，又再次走了出來。

「差點忘了這個。」

他用力地把黏在牆上的大型音響拔了下來，雖然因此而使洞穴出現劇烈搖晃，但所幸沒有塌陷。

「真的再見了。」

哈酷留下一句最後的道別，便消失在洞穴裡。原本就岌岌可危的洞穴牆壁，在音響被拔出以後顯得更加不穩定。即使洞穴沒有塌陷，世琳也不想再待在那裡。她將哈酷留下的寶珠收好，連忙離開了洞穴。

轉眼間，外面已經風雨交加，一片漆黑，根本看不清楚前方。雷聲轟隆，閃電還擊中了插在垃圾堆裡的鐵籤。

世琳嚇得向後倒，一屁股跌坐在地。

不僅僅是因為閃電，而是因為閃電所製造出來的光，映出了一個巨大的影子，那是和垃圾山一樣龐大的蜘蛛形體。

「咯啊啊啊——」

影子嘴裡一邊流著黏稠的液體，一邊緩緩靠近世琳。

世琳一時間難以判斷，究竟重回剛才出來的洞穴——說不定還會被垃圾壓死，還是被那隻怪物抓住，兩者當中哪一個更可怕。

就在這時，有個東西擋在了世琳面前。

那是伊莎，伊莎瞬間變身成一匹狼，皺起鼻子，發出巨大的低吼聲。怪物因此而不再靠近，停下了動作。怪物頭上的六隻眼睛從世琳身上轉向了伊莎。

又一聲轟隆巨響，閃電從天而降，伊莎以此作為信號，朝怪物撲了過去。但怪物只用一條腿的力量就將伊莎拋飛到遠處。

「砰！」

伊莎撞擊某處的聲音劃破了雨聲，清晰可聞，然而，世琳還來不及轉頭看向伊莎，怪物便向前邁出了一大步。她在慌亂中向後退步，結果不小心踩到一處積水的水坑，摔倒在地。

怪物把頭湊近世琳的臉，貼得非常近，足以感受到呼吸的程度。

「滾開！你這個怪物！」

世琳轉過頭去，緊閉雙眼。

然而，什麼事也沒發生，難道是怪物有聽懂世琳說的話？

世琳眼睛微張，發現伊莎正咬住怪物的後腿不放。怪物不耐煩地甩動著牠的後腳，但是伊莎緊咬不放。

「伊莎！」

怪物一開始只是像對待煩人的蚊子一樣對付伊莎，但是看伊莎堅持不放，開始逐漸掙扎。怪物的一條腿已經和伊莎的口水及自己的綠色血液混在一起，隨著雨水不停流淌，最終，怪物在情急之下只好將自己的身體狠狠往垃圾堆撞擊。

「嚶嚶。」

伴隨著痛苦呻吟，伊莎口吐暗紅色血液，牠最終還是咬下了怪物的一條腿，然後摔倒在地。

猛烈的雨水沖刷著伊莎的血，血水也正巧往世琳的方向流去。

「伊莎，不行！」

世琳竭盡全力地喊道，但伊莎宛如陷入沉睡，整個毫無反應。怪物依舊採取攻擊姿態，隨時準備應戰伊莎，但伊莎始終沒有起身。

怪物確認完伊莎沒有意識以後，拖著不穩定的七條腿，一跛一跛地走向世琳，然而，世琳的目光無法從伊莎身上移開。

「醒來，伊莎……」

分不清是雨水還是淚水的東西沿著世琳的臉頰流下，怪物瞬間逼近世琳面前，但她沒有逃走，只有雙眼緊盯伊莎，彷彿對她來說怪物什麼的都已經無所謂了。怪物把腳抬高，變成了鉗子的形狀，一切也宣告結束。

「安心吧，小姐。」

世琳以為自己聽到了幻聽。也許是雨水進到了耳朵裡，或者是雷聲還在耳邊轟隆作響，抑或是早就失去意識正在作夢也不一定。

世琳朝聲音傳來的方向看去。

旁邊不知何時開始站著一名似曾相識的妖怪。雖然他撐著傘，看不清楚長相，但他手裡拿著一杯咖啡。他在這種一觸即發的情況下，依然悠閒地啜飲一口咖啡，說道：

「我可不能讓別人隨便傷害我的客人。」

世琳很快就想起了是哪一個妖怪的聲音，而且顯然不只有世琳感到驚訝，面對妖怪突如其來的登場，怪物同樣深感錯愕，連忙改變了目標，把弄成鉗子形狀的腳轉而瞄準妖怪。

然而，站在妖怪身後的雕像們健步如飛地立刻跳了出去，現場目測至少有十幾隻各式各樣的動物朝怪物飛撲過去，撕咬牠的腿，戳爆牠的眼球。

怪物就像是遭受螞蟻攻擊的蚯蚓，連一次好好發揮力氣的機會都沒有，就慢慢癱倒了。

瞬間，怪物的形體就分解了，早已變得無法辨認。悠閒地目睹這一切的妖怪緩緩轉頭望向世琳。

「世琳小姐，有沒有哪裡受傷呢？」

杜洛夫從傘下露出了他的八字鬍，咧嘴而笑。

Episode 15　格羅姆的賭場

「是，我沒事。」

世琳在杜洛夫的攙扶下從位子上站起身。

「比起我，伊莎牠……」

世琳看著依然倒臥在地的伊莎，話說到一半就哽住了。她踩著搖晃不穩的步伐衝向伊莎。轉眼間，伊莎的周圍已經聚集了先前幫忙攻擊怪物的那些動物們，牠們正在舔舐伊莎。

幸運的是，伊莎還留有最後一絲氣息，手腳也在微微動彈。

「伊莎不會有事的，您先帶牠回飯店休息一下吧。只要給牠充足的食物，很快就會康復的，不必太擔心。」

杜洛夫安慰著世琳。

回到飯店的世琳將伊莎安放在床鋪一隅後，馬上就開始拿起電話撥打，點了各式各樣的餐點，最後甚至請對方乾脆把菜單上的所有食物統統送來，便掛上了電話。

世琳趁著食物準備的期間，暫時先躺在床上，重新回想那亂糟糟的一天。那是來到這裡之後最痛苦難熬的一天，身心俱疲，就連動一動手指的力氣都沒有。

世琳閉上眼睛，不知不覺間就睡著了。

醒來的時候發現伊莎早已醒來，飯店房間內則是一片凌亂，各種碗盤散落一地，根本沒有可以行走的地方。

「這些都是你自己吃掉的？」

她看著伊莎髒兮兮的嘴巴，知道自己無須再多問。她一下床，就聽見「嚓」的一聲，原來是踩到了一張紙。

「這些總共要多少錢？」

世琳仔細端詳著從地上撿起的帳單，基於擔心伊莎而亂點一通的後果，就是得面對一筆驚人的高額帳單。

「我來看看，一、二、三……」

所幸持有的金幣與獎金統統加總起來，還能驚險過關付得出餐點費用。如今，她身上只剩兩枚金幣了。

「啊，對了！我的妖怪寶珠！」

世琳確認了一下被自己暫時遺忘的寶珠，假如這顆寶珠是自己真正想要的寶珠，那麼自然就不再需要什麼金幣了。

「希望這是我想要的寶珠啊……」

從剩餘的金幣來看，世琳幾乎不再有購買寶珠的機會，不，更重要的問題在於時間，因為一轉眼，手錶上的水早已減少許多，看起來只要再過一兩天就會見底。

世琳心急如焚。

「伊莎，身體有沒有好一點？現在方便讓我看看寶珠嗎？」

從伊莎輕輕搖著尾巴來看，應該是已經恢復到一定程度，牠反而用彷彿從未受傷過、更健康的嗓音大聲喊：

「喵！」

寬闊的飯店房間瞬間染成了橘黃色。

＊

世琳所站的位置是一處小巧溫馨的屋內。

除了天花板角落因為照不到陽光而生出黴菌以外，這個小房間看起來是適合小家庭居住的。也許是有小孩的關係，客廳一隅堆滿著玩具，老舊的冷氣機上也貼有各式各樣的貼紙。地上鋪的軟墊看起來很柔軟，但是沒有雙腳的世琳無從感受。

世琳正對面的牆上掛著一對年輕男女面露微笑的婚紗照，光看就能如實感受到他們洋溢著幸福，是一對美麗佳偶。

然而，世琳很快就皺起了眉頭。

「@#$%&。」

房間內傳來了吵架聲，世琳探頭一看，發現是照片中的男女在房間內扯高嗓音激烈爭吵。

兩人都難以控制激動情緒，彷彿隨時都有可能演變成一場大吵。爭執似乎也沒有要停歇，誰都不肯讓誰。

照片中打扮氣質優雅的女子，現在是不帶任何妝感的素顏狀態。

「你知道上個月卡費總共多少嗎？以我們的經濟條件這像話嗎？」

男子的額頭上出現了比以前還要多條皺紋。

「男人出門在外工作，自然會有開銷，難道是要我不能見任何人嗎？」

「我有說你不能見任何人嗎？難道都不想要先跟我商量嗎？光是下個月要花的錢就有——」

「別再老是提錢錢錢了！」

男子敵不過心中的鬱悶，小聲地罵了幾句髒話，像是在自言自語，然後動作粗魯地打開玄關門，走了出去。

女子看著被用力甩上的門，默默地暗自流淚。

＊

世琳帶著百感交集的表情從幻影中甦醒。然後她像是突然明白了什麼似的，一拳打在了自己的手掌上。伊莎嚇了一跳，連忙跳到床底下。

「沒錯，果然一切的問題都在於錢。」

她甚至對於太晚才明白這件事的自己感到有些愚蠢，要是能早一點知道，應該就已經找到寶珠走出這裡享受著幸福人生了。不過，至少現在知道也是不幸中的大幸。

世琳把肚子依舊圓鼓鼓、感覺推一下就會像球一樣滾動的伊莎叫了過來。

「伊莎，這段時間辛苦你了。」

伊莎歪著頭仰看世琳，世琳的眼神比任何時候都還要堅定。

「這是最後一次了，我終於找到了我想要的東西。」

眼前是一座巨大的金字塔。

如果說這座金字塔與世琳在照片中看到的有何不同，那麼就是這座金字塔是由黃金而非沙子建造而成。世琳被它的宏偉規模與外觀所震撼，暫時站在原地一動也不動。如果不是伊莎拉扯著她的衣服催促她，她可能會在這裡站好幾個小時盯著看，然後在不知不覺間把剩餘時間統統花掉。

通往金字塔的路上，鋪著有如頒獎典禮上才會出現的紅地毯。世琳覺得自己彷彿成了特別的人，愉悅地悠閒慢走，伊莎也因為忙著用爪子抓扯紅毯而走路緩慢。所幸沒有人在後面催促他們。

紅毯直接連到金字塔入口。

當他們接近那閃爍的霓虹燈標誌時，看見幾名穿著整齊套裝的保全人員正在門口看守。他們用即使是墨鏡也遮擋不住的銳利眼神警戒四周，渾身散發著就算是一隻螞蟻也不能未經同意就擅自通過的威嚴感。

世琳帶著希望能被看作是訪客的心情站在前頭，但她自己也不確定會不會被這樣看待，畢竟前一晚才剛被雨淋濕又在地上打滾過，她的衣服上全是泥巴，不免擔心自己會被當成乞丐而滿心焦慮。

果不其然，保全人員攔住了世琳的去路。

「有什麼事嗎？」

一名展示著結實肌肉、挺著胸肌的保全人員問道。

「我是來找寶珠的……」

儘管對方什麼話也沒說，眼神中還是透露了不信任的感覺。世琳緊張地拿出了未被要求的門票，保全人員仔細查看門票並且比對世琳的長相，最終對著掛在耳朵上的耳麥說道：

「老闆，這裡有個人類要來拿寶珠，要放她進去嗎？她拿的是黃金門票。」

他們彼此交談了一會兒，然後掛斷了聯絡。

「請稍等一下，我們老闆說要親自出來迎接。」

不久後，一名妖怪帶著比圍繞在金字塔周圍還要多的保全人員走了出來。他的身材高大，肩膀寬闊，一旁的保全人員根本比不上他。他渾身散發著威嚴肅殺的氣息，就連世琳都被那股氣勢震懾到雙腿發抖。

「妳說妳是來拿寶珠的？」

然而，有別於粗獷勇猛的外表，他的聲音竟細如蚊蚋，發音也不標準，所以聽起來像極了氣球洩氣的聲音。

「那妳把門票拿出來給我看看。」

「稍等我一下，這裡。」

世琳對於眾多視線統統盯著自己感到很不自在，連忙將門票遞給了他；然而，他沒有接過門票，而是再次用細小的聲音說道：

「喂，妳在看哪裡？」

世琳這才注意到原來眼前的這名妖怪根本沒有張動嘴巴，如果不是有另外學過腹語術，那麼剛才說話的人就不是他。世琳緩緩低下頭，當他的視線落到地面上的時候，才終於找到了聲音的主人。

那是一名老鼠般大小的妖怪，他不僅身體大小像老鼠，就連長長的鼻子、突出的門牙也都像極了一隻真正的老鼠穿著衣服。

他雙手扠腰，表現出一副生氣的樣子。

「妖怪在說話，妳要看著對方的眼睛啊！為什麼老是看其他地方？」

他顯然想讓自己說的話聽起來很有分量，但其實只像個小孩子在發脾氣。不過，世琳不想刺激他，連忙屈膝蹲下。

「不好意思，我叫世琳，是來找寶珠的。請問這裡有寶珠嗎？」

妖怪這下才稍微平息了怒氣，他雙手交叉抱在胸前。

「當然有，不過在那之前，我要先做自我介紹，妳聽好了。」

他大聲地乾咳了幾聲，先放鬆喉嚨。

「首先，我的名字是格羅姆．安東尼奧．瓦爾特拉克西翁．德．格雷戈里三世。這名字不算長，所以妳一定要記住。我專門偷走人類傍晚想要入睡時的睡意，也因此，人類會飽受失眠所苦，但那不關我的事。重要的是，這使得我經營的賭場可以二十四小時營業，而且正如妳所見，我是比任何人都還要出色的妖怪，不僅連續五年獲得初級賭博大賽的努力獎，還連續三年在少年健美比賽中獲得燦爛笑容獎。還有……還有什麼呢，法蘭克？」

這時，剛才被世琳誤認成老闆的保全人員，從西裝內裡口袋掏出了一卷長長的卷軸。卷軸長到即便落到了地上也滾了好久。

「格羅姆．安東尼奧．瓦爾特拉克西翁．德．格雷戈里三世先生在專業美甲修剪大賽中獲得了小腳趾獎，在無配菜吃白米飯比賽中獲得了細嚼慢嚥獎。除此之外，還有在不動手穿褲子比賽和不洗頭持久比賽中——」

「好了，法蘭克，光是唸到這裡，即便再愚蠢的人類應該都明白我是多麼了不起的人物了，對吧？」

世琳尷尬地笑著點頭；然而，她只記得他那段冗長的名字當中最前面的兩個字而已，光是如此，她就已經想要為自己的記憶力拍手鼓掌。

格羅姆聳了聳狹窄的肩膀，一副很得意的樣子。

「好，妳現在跟我來，要是再繼續站在外面，我應該連明年即將展開的展露白皮膚大賽的預賽都進不了，光想就覺得可怕。」

格羅姆從口袋裡拿出了看起來像防曬乳的東西，在臉上塗抹了好幾回才走了進去。保全人員緊隨其後，世琳則是勉強跟上，位於最後。

賭場內部更為華麗，儘管已在預料之中，但裡面所有東西果然都是金碧輝煌。看著那些用寶石作為裝飾的擺飾和一串串垂落的水晶吊燈，相形之下，世琳覺得剛才在外面看到的金字塔外觀反而顯得寒酸。

不長的走廊盡頭是一個擺滿角子機的房間，那裡有著過去這段期間不曉得去了哪裡的人們。人人佔據一台角子機，他們完全不理會世琳經過與否，都在忙著專注拉桿，雙眼緊盯快速旋轉的水果圖案。

「這裡就是賭場，妳應該還有一些金幣可以賭博吧？」

格羅姆抬起頭，態度傲慢地問道。

世琳摸了摸口袋裡的金幣，仔細觀察了一下角子機。所幸機器投幣口上顯示只要一枚金幣。

世琳連忙點頭。

「很好，等妳用了角子機以後我就給妳寶珠。法蘭克？」

法蘭克拿出一個大箱子向她展示。箱子一打開，就看見裡面裝有一顆被絲綢包裹的靛藍色寶珠，玲瓏剔透。

世琳吞下一口唾液，走向離自己最近的角子機。她突然想起指南手冊上的優惠券，將金幣和優惠券一起投入了投幣口。

雖然世琳不太懂怎麼使用機器，但她環顧四周，發現似乎並不難。世琳投入金幣，然後用力拉下旁邊的拉桿。隨著拉桿的下拉，螢幕上出現了各種水果圖案，瘋狂地開始旋轉。雖然沒有仔細數過，但看起來約莫有二十種不同水果在飛速旋轉，然後逐一停下。

總共分成五行的格子裡，出現的卻是完全不同的水果。就連不太懂遊戲規則的世琳也知道這看起來不太對勁。果然，機器上顯示著「下次再來挑戰」的字幕，然後靜止不動。

正當世琳準備離開之際，螢幕又再一次快速旋轉了起來。它回到了初始畫面，並朝一旁的拉桿不斷閃爍箭頭。

顯然是剛才投進去的優惠券起了作用。世琳幾乎是下意識地拉了拉桿，很快地，水果又再次瘋狂旋轉。然而，這次似乎有些不同。

「櫻桃……櫻桃……櫻桃……喔？」

螢幕上突然跳出了大大的「Jackpot」（大獎），彷彿要穿破螢幕似的。儘管世琳不懂Jackpot的意思，但她隱約有聽說過這個單字。

還沒等她多想，角子機裡就突然像下暴雨般傾瀉而出超多枚金幣。

「砰！」

突然，天花板灑下了拉炮彩紙，還出現一支樂團開始演奏起歡樂的音樂。與此同時，保全人員也突然開始跳起舞來，這時，人們才紛紛簇擁在世琳的周圍。然而，大家的氣氛不是要來恭喜道賀的，反而眼神中充滿了嫉妒和羨慕。

不知不覺間，角子機底下已經堆滿了金幣，那些金幣比世琳初次在當鋪用不幸換取的金幣還要多，也比不久前食物大戰獲勝的獎金還要多。

隨著熱鬧的音樂停止，樂團迅速撤離，保全人員也重新變回了嚴肅的姿態，表情變化之快，不禁讓人覺得剛才的一切彷彿從未發生過。

只有徒留一臉尷尬的世琳站在原地。

「太棒了！」

格羅姆邊拍手邊吹口哨。

「您一來就中大獎，真是太幸運了！」

世琳因為過於驚訝，所以根本沒注意到格羅姆的態度變化。格羅姆叫來了剛才因為認真跳舞而滿身大汗的法蘭克。

「把這位女士帶上樓。」

「好的。」

法蘭克面無表情地回答。格羅姆一比出手勢，這次換後面的保全人員開始將金幣裝進麻袋裡。即使金幣裝在像米袋般的大袋子裡，也依舊裝了足足有五袋之多。就算是力氣大的保全人員，也無法一次同時扛起兩袋，只能勉強咬牙扛起一袋。

「這邊請。」

法蘭克對著正在看金幣裝袋的世琳說道。他大步走在前面，很快地，扛著麻袋的保全人員們也立刻跟了上去。世琳還沒來得及回應，就已經被夾在這一行人的中間，宛如三明治裡的火腿。她為了不被擠扁，努力跟上大家的腳步。

隊伍沿著樓梯移動到了二樓。

二樓的景象與一樓截然不同。本該是牆壁的地方圍著齊頭高的鐵柵欄，本該是地板的地方卻是厚厚的玻璃窗，而且下方還充滿了水。

世琳小心翼翼行走，生怕玻璃地板會破裂，但是當她看到玻璃下方有像鯊魚一樣的魚在悠游時，還是嚇了好大一跳。再加上鐵柵欄裡還傳來了獵犬和猛獸的咆哮聲。

與樓下相同的地方唯有那些用寶石裝飾的桌子，然而，這層樓的桌子尺寸更大，桌子上方的天花板還有安裝照明燈，明亮的燈光照射下來。

保全人員引導世琳坐到桌子旁邊。

「歡迎來到『死亡舞台』。」

一道細長的聲音從某處傳來，不知何時，格羅姆已經坐在一張巨大的椅子上，那張椅子大到他的腳根本碰不到地面。保全人員輕輕拉出對面的椅子，請世琳坐下。

法蘭克把茶壺和杯子拿了過來，倒了一杯滿滿的不知名飲料。

「您一定口很渴，先喝一杯冰飲降降溫吧。這是我蒐集了人類的貪心，加入各種昂貴食材特別熬製而成的。」

本來就口渴的世琳將杯子湊到了嘴邊。

「喵！」

一直都保持安靜的伊莎突然拍掉了世琳的手，害她差點打翻杯子。法蘭克掐著伊莎的後頸將牠提起。

「真是的，這傢伙怎麼這麼不懂規矩，您如果願意，我們可以暫時代為保管。」

世琳喝下杯中剩餘的水說道：

「不，沒關係，反正我也不會在這裡待太久。」

格羅姆露出了意味深長的微笑，但由於他的長相本來就比較猥瑣，所以世琳並沒有多在意。

「來，那我們開始吧。」

「開始？開始什麼？」

「當然是遊戲。只要您能贏我，我就會提供您剛才抽到大獎的兩倍金額。啊，對了，在那之前我有東西要給您。」

一旁的法蘭克將裝有寶珠的箱子放到了桌子上。

「這是答應您的寶珠，不過，如果您想要販賣您的寶珠給我也沒問題，我會出一筆豐厚的價格來購買您的寶珠。」

世琳搖搖頭。

「我已經不需要金幣了，我只要拿著寶珠離開這裡，回到我原本所在的地方就好。」

「您真打算這麼做？」

格羅姆的口吻不像純粹詢問，他是用充滿著把握的聲音問道。

霎時間，世琳感到一陣頭暈目眩，格羅姆的臉也出現殘影，變成兩張臉相互重疊，輪廓甚至開始變形，後來又重回到原本的樣子。世琳甩了甩頭。

「我怎麼了？難道是因為沒睡好？」

正當她想要認為應該沒什麼的剎那，心中不禁冒出了奇怪的念頭：「我應該找彩虹寶珠才對啊，該不會靠這些平凡的妖怪寶珠就滿足了吧？」

突然間，暫時遺忘的彩虹寶珠盤據腦海，與此同時，也強烈希望能蒐集更多金幣購買更多寶珠。

格羅姆得意洋洋地看著陷入沉思的世琳。

「那麼，我們開始吧？」

格羅姆沒等世琳回答，便開始洗牌，把金色的牌卡分給每人各三張。

「第一個遊戲是把卡片的點數加總起來，點數愈高的人就獲勝。」

格羅姆簡單明確地介紹了比賽規則，隨即攤開了自己的牌卡。

「我來看看，黑桃六加上梅花五，再加上方塊十……」

格羅姆用手指加總著數字，當他發現手指不夠用時，還脫去襪子連腳趾都拿來一起數。然而，當他發現腳趾也不夠用，想要借一旁保全人員的手指來繼續數時，格羅姆突然倒頭就睡，甚至還開始打鼾。

世琳瞬間感到十分錯愕，但是一旁的保全人員冷靜地拿起水桶裡的水，直接朝格羅姆噴灑過去。

「噗！」

格羅姆從睡夢中甦醒，揉了揉臉。他試圖安撫眼睛睜大的世琳。

「沒什麼好驚訝的，我只是從人類身上偷走太多睡意，所以產生了小小副作用而已，最重要的還是趕快亮出您的牌吧。」

不久後，加總完數字的格羅姆表情垮了下來。

「咳咳，這次只是練習，還不是正式玩遊戲。」

格羅姆輕拍了兩下手，兩名保全人員拿出一個巨大的輪盤，放置在桌面上的時候發出了非常厚重的聲響，不禁讓人擔心桌子或輪盤其中之一會不會破碎。輪盤上標有三十多個數字。

「規則很簡單，只要每人選一個數字，然後轉動輪盤，最接近選定數字的一方就獲勝。」

格羅姆將一個金黃色的小球滾到輪盤上，小球落在了距離世琳所選的數字僅有一格之差的地方，格羅姆用拳頭重擊敲打桌面，但即便如此，桌子也絲毫沒有出現刮痕。

格羅姆解開了勒緊脖子的襯衫鈕釦。

「您真厲害，這次要是再贏一把，我將給您大獎的四倍獎金。法蘭克！把骰子給我拿來。」

世琳聽聞四倍的獎金感到十分心動，如果是這樣的金幣數量，她覺得應該足以買下商店裡的所有寶珠還有剩，而且說不定還能真的找到彩虹寶珠。然而，就在那時，伊莎跳上了世琳的膝蓋，咬著她的衣服不停拉扯。

「伊莎，怎麼了？乖一點。」

然而，伊莎反而更用力地拉扯世琳的衣服，幾乎是快要把衣服撕破的程度。

「我剛才已經給你很多食物了！我把金幣都花在你身上了，所以我現在很需要金幣啦！」

這次伊莎乾脆跳到了地上，狠狠咬了世琳的腳後跟一口。

「吼呦！你要一直這樣搗蛋嗎？就是因為這樣你才會被主人拋——」

世琳不自覺說了這句話，然後連忙用手摀住嘴巴。雖然她沒有把話說完，但是一聽也知道後面會是什麼內容。伊莎表情垮了下來，尾巴也垂落在地，向後退了幾步，便從樓梯跑了出去。

「伊莎！」

法蘭克攔住了正想要從位子上起身的世琳。格羅姆狡猾地笑著說：

「這樣也好，那種不知感恩的動物不要也罷。來，還是專注於遊戲吧，您要選奇數還是偶數？」

然而，世琳已經沒有心情繼續。最終，她把選擇權讓給了格羅姆，自己則是選他剩下的。杯子裡的骰子快速滾動。

這次依然是世琳獲勝。

格羅姆似乎非常生氣，低頭沉默不語。他漲紅著臉，看起來隨時都有可能冒煙。

「唰！」

後方一名保全人員似乎是誤以為格羅姆睡著了，直接往他身上潑水。

本來就瀕臨爆炸的格羅姆用惡狠狠的眼神瞪著保全人員，害對方嚇得連忙彎腰鞠躬道歉，甚至就連眼鏡都快掉落。格羅姆不耐煩地揮了揮手。

很快地，法蘭克將保全人員帶走，隔著門馬上傳出了淒厲的慘叫聲。

「來吧，我們繼續玩下一個遊戲，這次是——」

「等一下！」

格羅姆皺緊眉頭瞪著世琳。

「怎麼了？」

「那個……我要去一下洗手間，剛才喝太多水了……」

世琳扶著肚子，盡可能做出痛苦表情。格羅姆這時正好看到剛洗完手在甩乾水滴一路走回來的法蘭克，於是直接叫住了他。

「法蘭克！帶這位小姐去一下洗手間，然後記得，務、必再將她帶回來。」

世琳看著格羅姆充血的雙眼，感到不寒而慄。

「他應該不僅想要我的金幣，可能還想要我蒐集到的所有寶珠，我得逃出去才行。」

世琳只有暗自心想，她默默跟著法蘭克走向位於一樓的洗手間。

「我會在這裡等您。」

法蘭克站在走廊的轉角處，用沒有任何高低起伏的語調說著。世琳在心中盤算著不論如何都要找機會逃跑，於是就在她走向洗手間的時候，撞見另一名迎面而來的妖怪，害她反應不及嚇了一大跳。

「杜洛夫！」

「噓！」

杜洛夫摀住了世琳的嘴，好讓她無法喊出聲。

「伊莎和我所見所聞相通，所以我察覺到妳應該是遇到了危險，打算來幫助妳，麻煩妳小聲一點。」

世琳湊到他耳邊悄悄地說：

「杜洛夫，拜託你幫幫我，有個長得像老鼠一樣的妖怪一直纏著我，不肯放我走。」

「妳拿到寶珠了嗎？」

「有。」

「那我去轉移他的注意力，妳就趁那時候逃回飯店。」

世琳點點頭，於是杜洛夫走向了留守在走廊的法蘭克。

「喂，法蘭克，最近過得怎麼樣啊？哇～你這身材比之前還要好呢！我很滿意你的肌肉，就好比我的八字鬍一樣充滿魅力。我們難得來個男子漢之間的對話，如何？啊，對了，要喝杯咖啡嗎？」

杜洛夫把自己正在喝的那杯咖啡遞了出去，但是法蘭克連正眼都沒瞧一眼。

「杜洛夫，我現在在上班，然後你是不是忘記自己是這裡的黑名單了？你要是被老闆注意到，應該不會有什麼好處喔。」

「沒錯！法蘭克。格羅姆認為我用了障眼法，但那真的是一場誤會。是啊，我今天就是要來解開這個誤會。來吧，麻煩你帶我去見格羅姆。」

杜洛夫硬是將法蘭克的身體轉了過去，這時，躲在牆壁後方的世琳開始小心翼翼地移動位置。她幾乎是用爬的方式將身體壓到最低，縮著身體逃出了那個地方。

正當她心裡想著就快要抵達大廳而感到安心的時候，位在一旁的男子突然沒來由地喊了一聲：

「幹！」

他頭上的螢幕顯示著不同的水果組合，再挑戰一回合的文字在不停閃爍。男子手抓頭髮，彎下腰，與恰巧經過椅子旁邊的世琳四目相交。他一眼認出了世琳。

「妳是剛才那個中大獎的對吧？借我十枚金幣吧，不，五枚就好，我直接還妳兩倍的金幣，快！」

世琳感受到所有人的目光都集中在她身上，其中還包含了法蘭克。

「站住！」

法蘭克直接將杜洛夫一把推開，朝世琳的方向跑了過去。原本站在入口處附近的保全人員也連忙跑來將世琳團團包圍。

「糟糕。」

發現情勢不妙的杜洛夫從懷裡拿出了一隻獵豹的雕像。他簡短地默唸了一段咒語，於是雕像變成了活生生的動物，坐在獵豹身上的杜洛夫以光速衝向世琳。

當時一名保全人員正好要伸手抓住世琳的後頸，但就在那千鈞一髮之際，所幸還是被杜洛夫搶先一步。杜洛夫趁保全人員的手快要碰到世琳前，迅速地將她一把抓起，宛如老鷹抓小雞般把她放到了獵豹的背上，然後用敏捷的身手帶她逃離了那裡。

「不可以！把我的寶珠拿來！」

後方傳來了格羅姆激動的吶喊聲，以及保全人員繁忙的腳步聲。

然而，那些人和聲音隨即都變得愈漸模糊。

Episode 16　地下迷宮監獄

回到飯店的世琳不停喘氣。

「感謝您，杜洛夫，幸虧有您我才活了下來。」

「沒什麼，我只是做我該做的事情。」

杜洛夫把雕像放進外套口袋裡說道。世琳兩腿無力，就連走到床邊的力氣都沒有，直接癱坐在附近的椅子上。杜洛夫站在原地，低頭俯瞰著她。

「還有什麼事情是我能幫忙的嗎？」

世琳揮揮手。

「不，沒事了，您已經救了我好幾回，光是這樣我就已經非常感激。我該回家了，再待下去應該連小命都不保，而且時間也所剩不多了。」

但是杜洛夫一動也不動。

「不過我應該還是可以幫您做點事情，比方說，看看您剛才拿到的那顆寶珠……」

「啊！」

世琳拍了一下手，發出了響亮的擊掌聲。

「您也能顯示寶珠裡的場景畫面，對嗎？那我能否最後拜託您……」

正當世琳準備要把寶珠遞出去的時候，她嚇了一跳。

「杜洛夫？」

杜洛夫望著寶珠的眼神像極了癲狂的人一樣詭異。他看起來比眼球布滿血絲的格羅姆還要可怕。

「什麼事？」

杜洛夫勉強保持鎮定地回答。然而，反而是叫住杜洛夫的世琳一句話也說不出來。世琳的目光已經從杜洛夫的臉挪移至他身穿的外套袖子。

杜洛夫也跟著世琳低頭看了看自己的袖子。

「嗯？」

杜洛夫為了接過寶珠而伸出手，結果袖口下露出了金色鈕釦，像飾品一樣整齊排列，然而，其中剛好少了一顆。

驚人的是，那排鈕釦與世琳在馬塔書店發現的鈕釦如出一轍。

世琳驚訝地後退了幾步。

「怎麼了？」

杜洛夫一邊摸著自己的八字鬍，一邊問。世琳內心感到困惑，不停回想，仔細端詳著他的八字鬍。

瞬間，她想到那鬍子要是拉直的話，應該會比一般女妖怪的毛髮還要長，和燙過的長髮沒兩樣。她突然有一種缺了一塊的拼圖終於拼完的感覺。

隨著世琳觀看杜洛夫的眼神愈漸充滿懷疑，杜洛夫的表情也逐漸變得陰沉。

「有什麼問題嗎？」

杜洛夫慢悠悠地喝下了手裡一直端著的咖啡，而世琳看著咖啡冒出的蒸氣，想起了托利亞說過的話：會冒煙的妖怪！

世琳開始緩緩向後退，結果腿一軟，一個不小心跌坐在地。

杜洛夫見狀乾脆放棄追問，直接語帶威脅地說道：

「您還是乖乖交出所有寶珠吧，我可不想花力氣在這種事情上。」

世琳嚇得喉嚨發不出聲音，但她還是硬逼自己勉強擠出聲音。

「原來是你，在商店裡偷走東西的人……」

杜洛夫沒有多作辯解，反而露出了令人毛骨悚然的笑容。

「啊哈哈哈！」

杜洛夫敷衍地拍著手。

「竟然被您發現了，看來您有著非凡的好眼力。當初要是乖乖交出寶珠不就好了，這到底是該稱讚您聰明呢，還是該說您愚蠢呢……就當作是兩者兼具吧。」

杜洛夫露出整齊的牙齒笑了，然而，他看起來一點也不親切，因為只有嘴巴在笑，眼睛是透露著令人發寒的光芒。

世琳用手臂代替已經發軟無力的雙腳奮力向後退，然而，杜洛夫也沒有乖乖待著，反而步步進逼世琳，與她保持著相同距離。

世琳儘管知道沒有用，也不得不喊：

「伊莎，快來幫我！」

杜洛夫聽到世琳這麼一喊，直接放聲大笑。

「您找的是這個嗎？」

他的手裡拿著一開始在導覽中心看見的小貓雕像。

「您也真是好笑，不需要牠的時候遺棄牠，現在竟然又要牠來幫忙。」

也不曉得是有什麼那麼好笑，杜洛夫獨自用手扶著額頭不停竊笑，然後毫不猶豫地伸出手，將貓咪雕像遞給了世琳。

「沒關係，反正還是您的，我就還給您吧，在這裡……」

世琳趁他回心轉意前連忙伸出了手，正當她指尖就要觸碰到雕像的那一瞬間，杜洛夫假裝要把雕像交給她，又故作失誤地將其掉落在地。

「哎呀，真是！」

然後他一腳把雕像踹飛到牆壁，撞擊之下變成了零零散散的碎塊。

世琳面對眼前發生的事情，再一次感到崩潰。

「啊，是我太晚做自我介紹了，現在就向您正式介紹我自己吧。」

杜洛夫整理了一下已經完美到無可挑剔的衣著。

「我叫杜洛夫，專門偷走人類的自尊感。」

瞬間，杜洛夫的手燃起藍色火焰，從世琳的胸口附近抽出了一團同樣顏色的東西，吸入他的手中。

「那麼，您就好好休息吧。」

杜洛夫一手放於胸前，彎腰行禮。如果單純從動作來看，比任何一名英國紳士都還要彬彬有禮。

然而，話才剛結束，世琳就突然感受到一陣濃濃的疲倦感，然後逐漸失去意識。

「這裡是哪裡？」

世琳勉強保持清醒，環顧四周，然而，那是個暗不見光的漆黑空間，什麼也看不到，地板則是硬得讓人屁股發疼。

世琳急忙翻找口袋，果然，原本裝有寶珠的妖怪提袋早已不見，只剩下另一只裝滿無用雜物的妖怪提袋。

「唉……」

世琳不由得長嘆了一口氣。

「有人在嗎？」

世琳的聲音沿著牆壁擴散至四周，然而，得到的回應卻是一片靜默。

她突然想起了什麼，開始翻找妖怪提袋，所幸她摸到了自己在找的東西。

那是一支從香水工坊買來的香氛蠟燭，底部還貼心地附贈了一盒火柴。

嚓——

蠟燭驅散了周圍的黑暗，發出明亮光芒。世琳身處的空間正如她所想的，是個空無一物被各面牆壁到處阻擋的空間。世琳拿著蠟燭四處走動，但是總覺得好像一直在原地打轉，心情變得無比低落。

她停下腳步，隨地而坐。她對於在這種情況下依然會感到飢餓的自己感到可笑。

「要不吃點那個吧？」

她想起了巨人妖怪給她的大蒜麵包，所幸沒有被壓壞或者腐爛，依舊完好如初地被放在提袋裡。麵包一拿出來就飄散著濃郁的香氣，世琳大口大口咀嚼吞嚥。也許是因為餓了很久突然填飽肚子的關係，一陣濃濃睏意席捲而來，世琳並沒有刻意驅趕這突如其來的睡意。

＊

一名素未謀面的男子正用一臉寵溺的眼神俯視著我。

「看這小傢伙踢腿的樣子，將來該不會是一名足球員吧？就算不是，我看應該也很會運動喔～」

一旁的年輕妻子笑了笑說：

「她還是個小嬰兒呢，你怎麼這麼早就在說這些？」

但是男子毫不介意，反而更加堅定地說：

「有什麼關係？誰知道未來會怎麼樣。」

他目不轉睛地凝視著我，在男子如湖水般深邃的眼球裡，映照著剛出生的我的面孔。

「世琳啊，不管妳將來做什麼，總會有想要放棄的時刻，但如果那是妳真正想做的事，不論多辛苦、多艱難，都絕對不能放棄。妳一定什麼事情都能做到的。」

男子輕吻了嬰兒的臉頰，一旁的妻子也握著嬰兒的小手，緊緊擁抱丈夫的背。

＊

「爸，您錯了，我什麼事都做不到。」

世琳從淺淺的睡眠中慢慢甦醒，原本被她遺忘的過去那些日子，突然掠過了她的腦海。

那些對自己的無數次嘲笑。

連校服都買不起的家境。

毫無用處的才能。

不論多麼努力，也總是在原地踏步。

任何充滿安慰的言語，都沒有多大幫助。

「那邊，是誰？」

那是個足以瞬間打斷世琳思緒的巨大聲音。

混雜多人的腳步聲逐漸靠近，世琳幾乎不敢相信自己的眼睛。

人群裡有一名是世琳來到這裡第一個見到的老人，老人也一眼認出了世琳。

「喔？妳是！」

世琳驚訝得說不出話，只有張動嘴巴，好不容易才發出聲音。

「大叔……」

老人走近世琳點燃的蠟燭一步，彼此的五官也變得更加清晰。

「妳從地下當鋪消失以後我就很擔心妳，原來妳在這裡啊。身體都還好嗎？」

世琳覺得自己要是開口說話就會忍不住哭泣，所以只有用點頭來回答。老人的身後似乎是一群同行的人，世琳這下才注意到了他們。

她原以為不會再有什麼事情會令她感到驚訝，卻在看清楚那些人的面孔之後又再次嚇了一跳。

那些人都是自己知道的面孔。

最前面拿著打火機的人是就業失敗的知名大學畢業生，旁邊則是任職於大企業的上班族、咖啡廳老闆、滑著手機渴望自由人生的人，還有酒醉暈倒的旅行作家。

他們紛紛向世琳做著她已知道的自我介紹。

世琳盡可能把自己經歷的事情長話短說，他們也把發生的事情做了解釋說明。而互相交流的這段時間，蠟燭也已經燒掉一半左右。

「那個討人厭的八字鬍一定是在耍我們。」

他們每個人都把杜洛夫罵了一遍。

「不過，我們該怎麼從這裡出去呢？」

世琳抱著一線希望問道；然而，得到的答案卻是令人絕望的。

「在妳來這裡之前，我們已經繞過好幾圈了，但是出口只有一個。問題是……」

世琳的眼睛一下都沒有眨，靜靜地等待對方把話說完。

「那裡有一名非常可怕的妖怪在站崗，手上還拿著一根巨大的棒子。」

老人邊說邊擦拭額頭上冒出的冷汗。

世琳覺得好不容易緊抓的希望之繩彷彿應聲斷裂，其他人的臉上也籠罩著絕望的影子。雖然沒有人說出口，但氣氛已經傾向放棄。正當世琳也同樣打算接受這樣的情況之際，腦中突然冒出了一個想法。

「請問，這個東西會有幫助嗎？」

世琳從口袋裡掏出了皺巴巴的妖怪提袋。然而，所有人都面帶「那是什麼？」的表情，甚至還有人小聲地發出了感到荒謬的笑聲。世琳連忙打開提袋，將裡面的東西展示給大家看。

她把提袋翻倒搖晃，各種雜物從裡面掉了出來。

「這些都是什麼？」

這下大家的表情才開始有所改變。也許是因為大家都往蠟燭聚集靠攏，所以每個人的臉龐也顯得明亮開朗了一些。

他們看著散落一地的物品和提袋裡的剩餘物品，開始集思廣益。

而這段期間，世琳則是與老人另外坐在一旁交談，把剛才未能說完的話快速說完。

「這裡的人統統都是我在寶珠裡面看過的人。」

聽聞此話的老人也露出了不尋常的表情。

「然後最後我選的是一顆變富有的寶珠，請問那是您的寶珠嗎？」

世琳小心翼翼地說出了自己的推測。

「妳猜的應該沒錯。」

世琳發現自己的預測都對，不禁變得更加好奇。

「那麼，大叔您為什麼會來商店呢？」

老人笑了笑。

「我當然也是為了找尋我的幸福啊。」

「您也有想要的東西嗎？」

「當然嘍。」

老人偷瞄了還在熱烈討論中的人們一眼，繼續說道。世琳的眼神比任何時候都還要發光發亮。

「我原本想要在這裡得到的寶珠是能夠和妳一樣年輕，因為就算錢再多也無法讓時間倒流。妳有很多回憶嗎？」

世琳對於老人突如其來的這項提問感到錯愕。

「回憶？」

「是啊，隨時想起都會感到幸福的那些瞬間。我可是沒有這些回憶，因為我一輩子都在做生意，直到後來很晚才領悟到一件事。」

老人小聲嘆氣。

「原來有些東西比金錢還要寶貴。要是我能回到年輕的時候，我會花更多時間和我心愛的人相處。」

世琳按照老人說的這番話暗自回想。她想起了那些和伊莎共處的片段。

和牠一起分食妮可烤的蛋糕，還把蛋糕沾在臉上嬉鬧。

在食物大戰上獲勝，然後互相舉手舉腳擊掌。

統統都是非常寶貴的記憶。

最終，世琳忍不住流下了眼淚，她好想念伊莎。

「有。」

老人放任世琳默默哭泣，選擇靜靜聆聽。

「伊莎是我來到這裡才認識的貓咪，牠一直幫我尋找寶珠，可是我卻對牠說了不該說的話，明明是已經心理受過傷的貓咪……」

她已經哭得一把鼻涕一把眼淚，老人見狀將自己的手帕遞給了她，那是用高級布料製成的彩虹手帕。世琳擦完眼淚突然用力吸了一口氣，老人嚇了一跳，看著世琳。

「怎麼了？有什麼問題嗎？」

世琳沒有回答，只有一直盯著手帕看。她的回答慢了一拍。

「我知道杜洛夫為什麼要把寶珠拿走了。或許我也知道這些人為什麼會被困在這裡了……」

世琳從口袋裡掏出了指南手冊，翻開第一頁。

「那是什麼……」

老人還未問完，其他人就已經蜂擁而上，似乎是討論完畢。一名男子用充滿希望的表情說道：

「雖然不盡完美，但我們找到了值得一試的方法。」

世琳和老人停下了對話，開始專心聆聽。

「時間不多，我就長話短說吧。我們會用世琳小姐的東西來製作陷阱。」

其他人世琳都有見過，唯獨這名男子是她在這裡第一次見到的，聽說是偷偷潛入族長的房間被逮個正著，所以才會被抓來這裡。

「那麼，就需要先有人去引誘那名留守在出口的妖怪。」

男子環視了所有人一圈，但沒有人願意主動站出來。

這時，世琳舉起了手。

「可以讓我來嗎？」

所有人都用驚訝的表情看著世琳，然而，比任何人都還要感到驚訝的人反而是世琳自己。直到剛才，她都還一直認為自己什麼都做不到，但是在不知不覺間，想要放手一搏的決心油然而生。世琳看著放在一旁的香氛蠟燭，如今已經幾乎快要燒到見底，燭芯凸出。她這時才想起了香氛蠟燭的名字。

「妳確定嗎？很可能遭遇危險喔。」

男子擔心地問。

「如果是需要用到跑步，我很有把握。」

世琳充滿自信地說著，男子最終也點了點頭。

「那我帶妳去妖怪那裡吧，其餘的人就按照剛才討論的製作陷阱。走吧，世琳小姐。」

妖怪就在不遠處。

他們靠著借來的打火機所點燃的火光，沿著道路行走。很快地，出現了一條死巷，巷子的盡頭掛著巨大的火把，還傳來陣陣響亮的鼾聲。

「就在那邊。」

男人用手指的地方，有著一名比成人男子稍大，卻又比托利亞稍小的妖怪，他正在倚靠著棒子睡覺。他的長相兇惡，和鄧奇不相上下，看他長這樣子，怪不得大家都嚇得不輕。妖怪的後方有著一扇看起來像出口的鐵門，世琳突然開始緊張，肩膀不自覺顫抖。

「妳可以嗎？不行的話現在還來得及……」

「沒事，我想要試試看，只要把他引誘到我們來這裡時的位置就好，對吧？」

世琳沒等男子回答，就先邁出了一步，然後撿起恰巧踢到的一塊小石頭，用力扔了過去。石頭直線飛去，正巧打在妖怪的鼻子上。妖怪皺起眉頭，睜開眼睛，世琳毫不畏懼地大聲喊道：

「喂！你這個醜八怪！聽說你的口臭味比屁味還要臭，我看應該沒有女妖怪會願意靠近你吧！」

雖然這些話是世琳即興發揮隨口亂說的，但她看著妖怪那口黃中帶綠的牙齒，不禁覺得自己或許真的說中了幾分，也不曉得是心理作用還是怎樣，妖怪似乎對於最後一句話顯得格外生氣。

他瞪大眼睛，大步走來。

「我這樣做是對的嗎？」

世琳用不太有把握的聲音詢問。男子也不太確定地回答：

「可能說得有點太超過，我看他非常生氣，總之我們快點走吧。」

他們開始朝原來所在的地方拔腿狂奔。

所幸老人和其他人已經做好了萬全準備。他們讓跑來的世琳沒有辦法從正面來，而是緊貼著一側牆面跑來。世琳原本差點踩到的地板上灑滿著透明液體，她都還來不及問那些東西是什麼，妖怪就已經衝了過來。

其他人也嚇得紛紛往後退，但都沒有退很遠，他們顯然是有把握的，而且剛好命中世琳當初預想的結果。

妖怪帶著怒氣暴衝過來，踩到地上的白色液體，然後發出一聲巨響，整個人向後仰摔在地。

「砰！」

他摔得很重，重到不免讓世琳擔心地板會不會就此坍塌。然而，妖怪比想像中還要結實強壯，即使摔得那麼重也能自己重新慢慢站起來。世琳見狀，不免擔心是不是真的需要逃跑，連忙準備隨時離開現場，然而，她看其他人不僅沒打算逃跑，甚至都抬頭望著天花板。世琳的視線自然跟隨大家一起看了過去，她的下巴直接掉了下來。

原來是那名旅行作家拿著世琳的妖怪提袋爬上了牆壁。牆的一角有著一根看起來像是他剛才用來爬上去的長棍，顯然是從園丁波波那裡拿回來的竹子發芽長大的。

男子移動到妖怪的頭頂上方，把露出書籍一角的提袋傾倒抖空，隨即，一本有如大門般碩大的書本直接從提袋裡掉了出來。

「砰！」

伴隨著沉重的聲響，妖怪又再次暈倒在地，這次他應該是徹底失去了意識，躺在地上一動也不動。仔細一看，嘴裡還吐著白沫。人們小聲歡呼，跨越妖怪。世琳也小心翼翼避免踩到妖怪，跟著大家一起往剛才看到的出口走。

「快到了！大家加油！」

然而，走在前面的人像是遇到懸崖似的突然停在了門前。

這下大家才意識到一項嚴重的問題：

大門深鎖，沒有人有鑰匙。

Episode 17 燃的酒吧

位於最前面的男子用腳猛力踹了鐵門一下，發出「砰」一聲巨響。他還試圖用手使勁搖晃鐵門，但那扇門就是屹立不搖。大家開始議論紛紛，雖然有人提議回去翻找昏倒的妖怪身上有無鑰匙，但沒有人願意自告奮勇前往，因為假如考量到妖怪中途突然醒來的風險，那會是一場太大的賭注。

男子近距離觀察鐵門上的鑰匙孔說道：

「即便沒有鑰匙，要是有一根類似鐵絲的東西，我應該還是有辦法……」

男子無意間回頭看了一眼，當他看見世琳時大吃一驚，世琳看到男子也同樣感到吃驚。男子是被世琳頭上的蝴蝶髮夾嚇到，而世琳則是因為認出了該名男子的身分所以感到驚嚇，他是世琳來這裡前在學校圖書館裡閱讀的那本書的作者。男子一邊的眼睛上有著一個黑色印記，那是他剛才查看鑰匙孔時沾染到的，而那個印記恰巧與當初某人用麥克筆在作者照片上畫的眼鏡畫面重疊。

「你是……」

然而，世琳還沒來得及問，男人已經急切地大聲喊：

「把妳的髮夾給我！」

世琳還沒搞清楚狀況，就在慌亂中連忙將頭上的髮夾取下來交給他。男子將其拉開，開始往鑰匙孔裡塞。世琳這下終於明白為什麼他會在書中提及自己過往經常進出監獄的原因。

「喀啦。」

那是一聲短暫又清脆的聲音，當那扇門開出一個巴掌大小的縫隙時，所有人終於釋放忍耐已久的壓抑，大聲歡呼。

「快走吧！」

老人拍了拍世琳的肩膀，世琳跟著已經開始向外逃的人們走了出去。

遠處開始出現了光，那是世琳初次踏入商店時看到的門，除了不再有跳舞的妖怪以外，其餘的一切似乎沒有太大變化，就連門旁的巨大時鐘也依然在那裡，只是水位已經大幅下降，看起來再過不久就會見底。

所幸門是開著的，人們爭先恐後一個接一個逃出門外。

就像進來時一樣，出去時世琳和老人也是最後才離開。正當老人要準備走出門時，他看向了呆呆站在原地不動的世琳。

「妳怎麼不走了？」

「您先走吧，我還有事要做。」

老人露出了不能理解的表情，但是隨即似乎猜到了什麼，試探性地詢問：

「是因為剛才妳提到的那隻貓嗎？」

世琳默默點了點頭。老人凝視著世琳的眼睛，輕輕微笑。

「年輕真好，好羨慕妳這樣的勇氣，但還是別耽誤太久，小心保重啊。」

老人送上簡短的祝福，便走出了那扇門。商店很快就變得空蕩蕩的。

世琳跑向之前來這裡時看到的電梯，她猜想杜洛夫應該就在那裡。

然而，電梯上張貼著故障的公告。

「啊。」

世琳兩眼發愣地看著壞掉的電梯門。

正當她準備轉身離開，心想應該只能到此為止的時候。

電梯旁的逃生通道標示開始不停閃爍。世琳試著輕推那邊的門。

那扇門似乎已經很久沒人使用，開出一道能讓世琳勉強通過的縫隙時，發出了刺耳的鐵鏽聲，然後門後方出現了一條漆黑的階梯。

那條階梯像極了她的住家和學校之間的階梯。

「我做得到嗎？」

她短暫猶豫了一下。

她決定捨棄掉故障的電梯，開始爬上那條階梯。

*

杜洛夫哼著歌曲走進了電梯，手裡則是拿著馬塔給世琳的妖怪提袋。他按下按鈕，電梯開始緩緩移動。

「砰！」

杜洛夫一抵達頂樓，瞬間就將電梯摧毀。他將電流短路引發火花的電梯拋諸腦後，往某個方向直直走去。

杜洛夫腳踩皮鞋的腳步聲迴盪在不是很寬敞的走廊上。

「燃的酒吧」

杜洛夫走到走廊盡頭停下了腳步，前方掛著一塊用漂亮字體呈現的招牌，門把上則斜掛著宣告營業時間已結束的「Closed」標牌。

杜洛夫皺起了眉頭，這與他平時臉上總是帶著笑容的樣子截然不同，這次他更是用腳踹開了門，熄燈的酒吧已經不再留有顧客的氣息，顯得十分冷清。

「我本來想和我們偉大的燃族長喝一杯，太可惜了。」

原以為理所當然只是自言自語，沒想到竟得到了回應。

「別失望，我可以陪你聊天，如果你願意，我還能幫你放鬆身體。」

一片漆黑的酒吧裡，維娜獨自一人坐在桌邊喝酒，還有一隻巨大的蜘蛛隱藏在黑暗之中。蜘蛛高掛在天花板上，緩緩垂降地面，站在維娜身旁。牠頭上的六顆眼睛在閃閃發亮。

「哼……以妳這種程度，我看應該是連熱身運動都不太行喔，維娜？」

杜洛夫從口袋裡掏出了一尊雕像。

維娜咬著酒杯裡的冰塊，發出喀喀聲響，說道：

「不要因為在資源回收場那次贏了就得意忘形，我當時只打算默默拿走寶珠而已，也只是在靜靜觀察你而已。」

她彈了一下手指，原本躲在桌椅間的蜘蛛們紛紛跳了出來，將杜洛夫團團包圍，然而，杜洛夫絲毫沒有表現出驚慌。

「如果妳一直都有在監視我，那妳應該也知道我來這裡的目的吧。但妳竟然想要用這些玩意兒來阻擋我？」

「當然，我知道你是偷了人類的寶珠來這裡的，你打算用那些寶珠來製作成彩虹寶珠，抑或是早已製作完成。」

杜洛夫用誇張的手勢拍手。

「果然，真聰明。那我就給妳一個提示吧，我還沒開始製作呢。我打算在族長面前進行，因為實在太想看那個老頭嚇到跌倒出糗的樣子。」

維娜大聲地嗤之以鼻。

「哼，族長不會太驚訝的。他從以前就知道你的野心很大，總是要我好好盯著你，所以我早就向他報告，你故意挑人類邀請至商店、故意偷取商店裡的物品還把當鋪裡的寶珠換成你想要的顏色、用靈物製造幻影卻只顯示特定片段。你該做的事情只有跪在族長面前哭著懺悔而已，杜洛夫。」

杜洛夫低下頭，肩膀開始不停抖動，看起來像在啜泣，卻沒聽見任何哭聲。原來他是在暗自大笑。

「我看妳是打算在那垂老的族長底下一直這樣可憐地活著吧？用這種只要從人類那裡偷取多一點心理就會馬上被詛咒纏身的懦弱姿態。等我獲得彩虹寶珠的力量，成為新任族長，首先要做的事情就是建立一個由妖怪統治的世界。畢竟我已經厭倦了躲藏的生活，更是受夠了擔任導覽員。」

維娜放下了手中的酒杯，雖然杯子裡還剩一些酒，但她似乎不打算繼續喝了。

「陪你聊天就聊到這裡吧，那些無聊的話我已經聽不下去了。」

「我也沒指望過妳聽了以後會理解，而且看到妳的臉也沒心情想喝一杯了。」

杜洛夫唸起咒語，那些雕像也開始活了起來。

「是嗎？那正好，我也剛好沒了喝酒的興致。」

維娜伸手輕輕一揮，大大小小的蜘蛛便迅速衝向了杜洛夫。

不久後，一聲震耳欲聾的爆炸聲傳來。

＊

「砰！」

辛苦爬上樓梯的世琳聽見了從某處傳來的聲音，於是轉過頭去。那聲音聽起來像是來自不遠處。

「這是哪裡啊？」

她早已放棄數樓層。因為這條階梯不斷以一模一樣的樣子延續，也沒有任何樓層標示，實在難以判斷。唯一可以確定的是，要不是因為平時經常在住家和學校之間的階梯爬上爬下，否則以這座階梯的高度來看，絕對是會讓人心生畏懼，不敢輕易挑戰。所幸聲音傳來的地方有一扇小門。

「那裡會是盡頭嗎？」

她由衷希望自己的預測是正確的，小心翼翼地打開了那扇門。

門外的景象簡單來說就是一團混亂。

一塊破碎的招牌橫跨長廊躺落在門前，位於走廊底端的門片則已經破裂鬆塌，使得內部一覽無遺。然而，神奇的是，世琳對於那片室內景象一點也不陌生。

乍看像是影子的蜘蛛和各種動物正在糾纏戰鬥，那些蜘蛛只比資源回收場看到的體型稍微小一點，而其他各種動物也同樣都很眼熟。

最重要的是戰場中央有一名身穿引人注目的紫色西裝、手持咖啡杯的妖怪，他一臉氣定神閒、老神在在，彷彿在觀看一場與自己無關的戰鬥。

「杜洛夫！」

儘管是根本聽不見的遙遠距離，世琳依舊喊出了他的名字。由於她不小心咬破了嘴唇，所以滲出了淡淡的鮮血。

杜洛夫正在看著堆滿碎片的那一側，所以沒有察覺到世琳正朝他步步逼近。堆滿著殘骸宛如墳墓的地方傳出了一個微弱的聲音，那是維娜在痛苦呻吟。

杜洛夫擺出一副早已預料到會是這種結局的表情，面不改色地說道：

「對付妳這種程度的妖怪，根本不需要用到彩虹寶珠。」

他環顧自己已經佔優勢的四周，露出了滿意的微笑。不過也就在這時，他和不知不覺間已經來到門前的世琳四目相交。

杜洛夫嚇得幾乎差點失手弄掉永遠不離手的咖啡杯，但他還是強作鎮定地開口說道。他的表情管理簡直比魔法還要可怕。

「喔？瞧瞧這是誰啊？歡迎您，女士。」

他的態度彷彿是在對待一名久違來光顧的老顧客。

「現在立刻把我的寶珠還給我，我要用它們將伊莎救活。」

世琳一見到杜洛夫，就開門見山地說出了自己的重點。就算是勇氣香氛蠟燭給了她力量，在這種情況下突然說出這種話也顯得非比尋常。吵雜的室內逐漸安靜了下來。

杜洛夫像是一時間忘記了人類的語言似的，看著世琳愣了一會兒，彷彿在努力理解他所聽見的那句話。

「啊哈哈哈哈！」

不久後，他開始仰頭大笑，甚至笑到捧腹滾地不起。他笑得不能自已，要是再繼續放任他笑下去，可能根本不用戰鬥就能直接擊敗他。

然而，可惜的是他還是從地上站了起來。

「天啊，真是讓人怕得要死啊。」

杜洛夫用手帕一邊擦去眼角的淚水一邊說道。

「來，妳試著拿走看看。」

杜洛夫舉起手，採取毫無防備的姿勢，但是世琳無法靠近他，因為原本四散在各處的動物已經聚集到他的周圍。

那些動物的嘴巴上沾有剛才撕咬的蜘蛛汁液，所以看起來像在流血。數十顆犬齒一致朝向了世琳。

Episode 18　頂樓公寓

世琳站在門前，動彈不得。偏偏這時香氛蠟燭的效力逐漸消失，她的雙腿開始像楊樹一樣顫抖。

反觀杜洛夫則是露出油條的笑容，朝世琳走近一步，與此同時，那些露出尖銳利牙的動物也向她逼近了一步。

「妳知道為什麼我會選妳嗎？」

杜洛夫自問自答。

「不是因為妳很特別，是因為妳是最沒用的人。」

世琳握緊拳頭，但也僅此而已，並沒有對杜洛夫構成任何威脅。

「妳身無分文，也沒有擅長的事情，甚至就連一個朋友都沒有。」

杜洛夫再次放聲大笑。

「所以我就思考，要怎麼樣把像妳這種沒用的人類至少利用得有價值一些。」

杜洛夫像解開數學難題的數學家一樣自豪地說著。

「那就是讓妳親自把彩虹寶珠拿給我。當然，這並不容易，因為還要另外把妳可能會想要的寶珠重新上色。而且我還有想過，假如妳偏離了我設定的計畫，就要透過伊莎來催眠妳，結果發現根本不需要，妳完全按照我的計畫行動。」

杜洛夫從內裡口袋掏出了妖怪提袋。

「不過也多虧了妳，我終於能實現我的願望了。」

杜洛夫一舉起手，猛獸們便抬高屁股，擺好隨時準備好要撲上來的姿勢。

「我就給妳一個痛快，毫無痛苦地結束，以此作為答謝吧。」

世琳和猛獸都深吸了一口氣，最終，世琳因為難以承受恐懼，選擇緊閉雙眼。

就在杜洛夫的攻擊命令即將下達的那一剎那——

「叭叭啦叭叭～咚吱咚吱。」

某處開始傳來喧鬧的音樂聲，埋在桌子殘骸中的維娜好不容易抬起頭，露出了一抹意義不明的微笑。

「今天的客人真多。」

世琳的背後有一排熟悉的面孔列隊朝她走來。

最前方是手牽手的馬塔和哈酷，馬塔的肩膀上放著世琳在資源回收場洞穴裡看到的那台巨大音響，原來吵雜的音樂聲就是從那台音響傳出來的。

「杜洛夫！離我們的朋友遠一點！」

馬塔用嬌小的身軀喊出了非常大的音量。

「世琳，妳沒事吧？」

艾瑪在過來的途中踩到地上的招牌碎片摔倒在地，她迅速地爬起來問道。

「你這小子！我可是為了你吃足了苦頭！」

妮可雙手拿著臭氣噴霧喊道。

「世……琳……」

托利亞也在抵達的人群當中，他扛著波波在肩膀上，前口袋裡還插著當初世琳摘給他的紫色花朵。

世琳因為面臨突如其來的情況而愣在原地，一句話也說不出口。

他們像是在保護世琳似的，圍成一圈。

「這到底是怎麼……」

杜洛夫冒著冷汗向後退了幾步，猛獸們也不敢輕舉妄動。一直以來都是維持從容不迫的杜洛夫，臉上也明顯露出了慌張的神情。

「竟敢威脅我的救命恩人！」

潘克一邊拴緊猴子機器人的發條一邊說道。他帶來了一個比之前見到的還要大很多的玩具機器人，也早已組裝完成。當他把機器人一放在地上，機器人手裡的大鑼便像拍手一樣開始互相敲打碰撞，同時還一步一步向前走，然而，才沒走幾步路就摔倒在地。

地面上立刻揚起一片灰塵。

「咳咳！咳咳！」

杜洛夫藉此機會向後退了幾步，他用另一隻沒有提著妖怪提袋的手，再拿出一個妖怪提袋，然後取出裝在裡面的一本書。

那本書的尺寸和馬塔店裡消失不見的書一模一樣大小。

「既然如此，我也沒有辦法。」

杜洛夫翻開了寫有樂譜的頁面，然後很快地，他那油膩噁心的聲音立刻擴散至四周。

「啊！那是！」

馬塔聽出了那首樂曲喊道。

寶珠紛紛升上空中，開始散發出耀眼光芒。隨即，寶珠失去了本來的色彩，相互融合。合而為一的寶珠成了不折不扣的彩虹色，宛如有人穿線操控般緩緩降落在杜洛夫的手掌上。

「終於……」

杜洛夫把這顆超越神祕甚至是帶有神聖感的寶珠捧在手裡，就連杜洛夫的身體從頭到腳也都在瞬間發出光芒，短暫亮了一下子又恢復原狀。

光芒馬上由彩虹轉成漆黑，和杜洛夫的邪惡笑容十分般配，隱約包圍著他。

「那麼……」

杜洛夫一伸出手，屋頂就整個被掀開飛走。他似乎也對於自己的新能力感到吃驚，低頭看了看雙手。

「哇哦。」

他發出一聲小小的讚嘆，然後轉向牆壁再次伸出手。牆壁立刻應聲倒塌，隱藏在牆後方的一座宏偉的頂樓公寓露出了面貌，杜洛夫的牙齒在穿過天花板的陽光照射下顯得更加潔白閃亮。

「如果我能把你們統統打倒，族長可能就不會再躲藏，願意現身了吧？我也好期待這些注入了我所有力量的雕像究竟會變得多強。」

他的手指向倒下的蜘蛛，手裡也出現宛如黑墨水般的黑色光芒，蜘蛛的屍體開始融合在一起。蜘蛛們瞬間像黏土般合而為一，最終變成了一塊巨石。

然後巨石馬上又變成了一隻活生生會動的蜘蛛。

這隻蜘蛛比世琳在垃圾山看到的還要巨大，也還要怪異。妖怪們還能想盡辦法阻擋那些動物雕像，但是面對眼前這隻大蜘蛛，似乎是找不到任何對付牠的方法。

來保護世琳的妖怪們，額頭上冷汗涔涔，尤其是潘克，整個人像剛洗完臉一樣汗如雨下。

好不容易找回勇氣的世琳，臉色又再次變得暗沉。

「誰敢動我們餐廳的冠軍！」

突然，一陣比透過擴音器還要響亮的聲音沿著破碎的牆壁傳來，所有人回頭張望，緊張的氣氛也暫時得以緩解。出現在走廊上的人一個個都像房屋般龐大。其中一名帶領隊伍的妖怪，還一隻手拿著花紋湯杓，另一隻手在挖鼻孔。

「波爾多！」

旁邊還有一名鬍子上掛著炸薯條的妖怪，和一名長相兇狠的妖怪。

「漢克！鄧奇！」

「我們來晚了吧？」

波爾摩說道。他手裡拿著一只巨大的平底鍋解釋：

「抱歉，因為我哥忘了路線怎麼走，不過看起來我們來得正是時候。」

巨人族妖怪們站在一旁，這才讓原本看起來是劣勢的世琳找到了一些平衡。巨人族妖怪們開始把帶來的廚房用具一一取出。除了漢克不小心弄掉啤酒杯以外，這次的登場可說是完美無瑕。

杜洛夫面對敵方接連不斷有盟友登場救援一事感到有些錯愕，但也不至於失去鬥志，畢竟他也是剛得手彩虹寶珠，所以比任何時候都還要充滿自信。這不僅是看上去顯得有自信，而是從他渾身散發的黑煙證明了這一點，感覺可以不吃不喝不睡覺一段時間也不成問題。

「好吧，這剛好是測試我新能力的好機會。」

杜洛夫手中的寶珠開始飄出一坨坨黑色氣息，巨型蜘蛛緩緩移動，動物雕像們也比先前更加兇猛地吠啼。

來救世琳的其他妖怪同樣也立刻擺出了戰鬥姿態。

妮可將香水噴於全身，然後把臭氣噴霧瞄準敵人；馬塔則是把帶來的巨大書籍拿在手上；一旁的哈酷也做好丟擲罐頭的準備；艾瑪神情悲壯，從圍裙口袋裡掏出了鼻毛剪，又迅速換成了電鋸；潘克忙著修理倒下的猴子機器人，所幸又能重新發動了。

「把他們統統消滅！」

隨著杜洛夫尖銳的一聲喊叫，猛烈的對決衝突也就此展開。

硝煙四起，塵土飛揚，妖怪們和雕像、巨型蜘蛛在一片白霧中糾纏混戰。托利亞用巨大的拳頭一次擊飛兩尊雕像，肩上的波波雖然一拳都沒擊中敵人，卻仍努力揮舞著拐杖。

馬塔和哈酷則是展現了傑出的合作默契，彷彿長時間練習過一樣。馬塔會先用普通人難以舉起的大書，像打蒼蠅一樣拍打雕像，哈酷再用罐頭不斷朝那些雕像丟擲。

潘克的表現也出乎意料地好，他把跳繩拿來當成鞭子一樣揮舞，還會用跳繩勒住靠近他的雕像喉嚨；最重要的是猴子機器人依舊沒有倒下，雕像撞到它手上的鑼會立刻碎成好幾塊，假如扣除掉艾瑪，潘克的表現最為出色。

艾瑪在這場戰鬥中無疑是最引人注目的，因為她每次只要揮動電鋸，雕像們就會束手無策地倒下，石頭碎塊噴向四周。她看起來一點也不像理髮廳的美髮師，反而像訓練有素的女戰士；過去那個經常踉蹌跌倒、慌亂無章的樣子完全不見蹤影。

然而，即使妖怪們如此猛烈進攻，也沒有人覺得情勢是有利的。

因為透過杜洛夫的魔法，新的雕像一直不斷被創造出來。

巨人族妖怪們的情況亦是如此，他們一人抓著巨型蜘蛛的一條腿，想盡辦法將其扳倒，但巨型蜘蛛一直使勁撐住，並用剩餘的腿進行攻擊。雙方你來我往，膠著不下。

沒有人能佔上風，也沒有人能輕易預測勝利。隨著戰鬥愈演愈烈，世琳向後退了一步。雖然她也想盡一份力，但在這樣的戰鬥中，她實在是無能為力。

因為妳是最沒用的人。

儘管內心湧現苦水，她仍無法否認杜洛夫說的這番話。

為了躲避戰鬥，世琳不斷向後退，不知不覺間已經退到最後方邊緣處。此時，杜洛夫緩緩走向她，似乎是重新找回了從容，他甚至還有閒情逸致哼歌。世琳一直手心冒汗、緊張觀戰，所以根本沒有意識到杜洛夫已經抵達她身邊。

「我有一份特別的禮物要送給妳。」

世琳正看著潘克被雕像一拳打中，原本就像拳頭般大的鼻子現在變得更加腫大。她被耳邊突然傳來的說話聲嚇了一大跳。

如果是平時，自然沒理由婉拒禮物，但是在這種情況下，尤其對方還是杜洛夫，她是絕對不想收禮物的。然而，杜洛夫很顯然完全不在乎世琳的立場或意願。

杜洛夫的手迅速伸進內裡口袋，然後又拿了出來。

原本對禮物一點也不感興趣的世琳，看到他從口袋裡拿出的東西，立刻摀住了嘴，但還是忍不住發出了微弱的叫聲。

「因為太麻煩，所以我只是大概貼起來，不知道它會不會正常運作。」

他說得不是很有把握，但他的態度卻顯得充滿自信。

「我會把剩餘的魔法全部放進這裡。」

杜洛夫開始張動嘴唇，雕像發出了光芒，體積也愈來愈大。

「伊莎……」

世琳頓時語塞。

剛從石頭破繭而出的並非世琳所認識的伊莎。

那是一隻可能只會出現在夢裡的恐怖兇殘怪獸。

Episode 19 導覽貓伊莎

伊莎的臉就像被打過補丁一樣，看起來十分可怕。每次呼吸時都會噴出火焰和黑煙，彷彿剛從地獄裡爬出來，散發著滾燙的熱氣。

儘管外表如此，但那的確是伊莎沒有錯。就算正在朝著世琳露出獠牙，世琳仍不覺得這隻怪獸很可怕，反而忍不住潸然淚下。

「伊莎，是我，你能認出我嗎？」

「呼嚕嚕嚕嚕。」

杜洛夫感到荒謬地笑了。

「伊莎不再是你所認識的那隻單純的導覽貓了，牠將是與我一起征服人類世界的最強武器。」

的確如杜洛夫所言，即使不破壞建築或活吞人類，光憑牠現在那兇惡的外表就足以讓所有人逃之夭夭。

伊莎，對不起。

世琳似乎沒有聽到杜洛夫說的話，反而繼續向前邁了一步。伊莎大聲咆哮，彷彿隨時準備將世琳抓來吞噬。

「哈，我看妳是瘋了吧，那就是妳最後的遺言嗎？」

世琳依然忽略杜洛夫所說的話，她就像個聽不見的人一樣，目不轉睛地注視著伊沙朝牠走去。

「伊莎，是我對不起你，對你說了不該說的話。但那不是我的真心話，真的，拜託相信我。」

世琳終於靠近伊莎，把手放在了牠的鼻梁上。伊莎皺起鼻子，用充滿威脅的表情面對世琳，但世琳沒有把手拿開。

「你被我傷得很深吧？你可以不原諒我，沒關係，但我還是得向你親口說對不起，和你在一起的那些日子，是我最幸福的時光，抱歉這麼晚才意識到，看來我真的不夠資格當你的主人。」

杜洛夫再也忍不住喊道：

「還杵在那裡幹什麼！快點解決掉那個沒用的人類，我們可沒時間在這裡跟她耗，幹掉族長以後我們就會馬上去人類世界，去那裡盡情報復那些當初拋棄你的人類。」

伊莎痛苦哀號。可怕的咆哮聲傳遍四周。不論是與牠近在咫尺的世琳和杜洛夫，還是位在遠處正在奮力戰鬥的妖怪們，統統都遮住了耳朵。

獅吼般的嚎叫聲一結束，伊莎低下了頭，身上肉眼可見的黑色氣息開始逐漸退去消散，與此同時，原本宛如黃牛般巨碩的身軀也逐漸縮小回原本的小貓模樣。

「你這天下無敵沒用的傢伙……」

杜洛夫對於從伊莎身上消散的魔法感到浪費，不停朝黑煙揮手，試圖抓住那些黑煙，然而只能勉強抓到一小部分。

「只是個貪吃的蠢貓！」

杜洛夫一腳踢開了伊莎，勉強用四肢撐著身體站立的伊莎直接被拋飛出去，蜷縮在角落。伊莎甚至連慘叫聲都喊不出來。

「伊莎！」

世琳還來不及擦拭眼淚，就立刻衝向伊莎。

杜洛夫利用剛剛撈回的最後一點點魔法力量，將破碎的木板升起。

「現在是真的要道別的時候了。」

木板飄在空中，瞄準了世琳。

「反正就算我不出手，雨也很快就要停了，妳將會永遠消失，但我實在很想親手解決掉妳。」

杜洛夫手中的黑色氣息轉移到了木板上。

「那就祝妳，安息吧。」

木板像被人用力拋出一樣，朝世琳直直飛去。位於牆腳的世琳根本沒有閃躲的空間。

杜洛夫確信自己會贏，所以連看都不看一眼便轉身離開。

「啪！」

當他聽見身後傳來木板撞擊且斷裂的聲響，忍不住放聲大笑。

「哈哈哈哈哈。」

現在，他要去的地方是頂樓公寓，已經沒有任何東西可以阻擋得了他。儘管兩方人馬都還在激烈對決，但氣勢早已往一邊傾斜。艾瑪的電鋸已經鈍掉；馬塔的厚書也已經都撕毀，只剩封面在飄蕩；潘克因為摔斷了眼鏡，撞牆後昏迷不醒；托利亞的臉部掛彩，被揍得青一塊紫一塊，他心愛的紫色花朵早已掉落在地，被踩得面目全非；巨人族妖怪們大部分也已經倒下，失去戰鬥能力，已經不可能再有奇蹟發生了。

「終於可以結束了。」

杜洛夫為了把全部用完的魔法重新吸收回來，他伸出了握有彩虹寶珠的那隻手。然而，正當他從雕像收回一部分的黑暗力量時——

「伊莎才不是只知道吃的蠢貓。」

杜洛夫瞬間懷疑了一下自己的耳朵，他的背後站著不該有的東西——明明應該是被木板擊倒在地的世琳，竟然好端端地站在那裡。她所在的位置的確有一片木板精準地碎成了兩半。

「妳是怎麼——」

世琳直接打斷他，喊道：

「伊莎是世界上最會吃的貓！」

接著，她將一隻腿向後踩，擺出了奇怪的姿勢。那是杜洛夫從未見過的姿勢。

「而且最重要的是……」

「牠是我很珍貴的朋友。」

瞬間，世琳一個轉身，一腳精準踢中了杜洛夫的下巴。杜洛夫甚至都還沒弄清楚自己究竟是被什麼擊中，就帶著錯愕的眼神拋飛在半空中，最後是以後腦勺重摔落地。他在地上翻滾了幾圈之後，迅速地爬起身。

「妳這混蛋！」

好巧不巧，他的兩顆門牙斷掉，導致發音變得不清不楚。杜洛夫憤怒地把手伸向前，但是發現手裡什麼都沒有，原本緊握的彩虹寶珠在他摔倒時不小心脫落，早已滾到了遠處。世琳和杜洛夫幾乎同時衝向彩虹寶珠。

但是杜洛夫的動作稍快，搶先一步。正當他以為寶珠已經幾乎到手時，他露出了得意洋洋的表情，然而，一把抓住的手裡竟是空的。

「伊莎！」

原來是已經站起來的伊莎跑來搶走了寶珠。牠站在杜洛夫和世琳之間，叼著寶珠，輪流看向他們。

「來，伊莎，乖喔～」

杜洛夫故意用溫柔的聲音緩緩靠近伊莎。伊莎似乎是在思考要把寶珠交給誰。

杜洛夫滿臉帶著虛偽的笑容。

「你應該要聽我這老主人的話啊，對吧？來，把寶珠給我。」

最終，杜洛夫成功靠近到只要一個飛撲就能碰到伊莎的距離。世琳看到杜洛夫要撲向伊莎，連忙喊道：

「伊莎！吃掉寶珠！」

「不可以！」

兩人同時喊道。伊莎最終選擇了聽從世琳的指示。

進到伊莎肚子裡的寶珠，透過牠的嘴巴發出了耀眼的白光。伊莎緩緩飄起，任誰看都能看出寶珠的主人已被替換。

杜洛夫被後續的衝擊力震倒在地，他承受不住強烈的光芒把頭轉了過去。世琳也被強光刺得睜不開眼睛，但她始終沒有移開視線。

儘管因為光線太強而無法仔細看清，但世琳總覺得伊莎像是在向她告別。伊莎被明亮的光圈包圍，緩緩升起，隨即出現了一道光柱，穿破雲層，直衝天際。明明不是夜晚，伊莎消失的地方卻像星星般閃耀。

那是牠最後的身影。

「看來是轉世了。」

世琳想起了伊莎的心願。

「砰！」

世琳聽聞突如其來的一聲巨響，回頭查看。那是原本壓著巨人族妖怪的巨型蜘蛛倒下的聲響。自那時起，杜洛夫的雕像一個接著一個倒塌，宛如被爆風肆虐過的頂樓，除了受傷倒地的妖怪們和破碎的石塊以外，什麼也不在了。唯一站著的人只有世琳，但很快地，世琳也因為疲憊不堪而蹲坐在地。

就在那時——

原以為會永遠緊閉的頂樓公寓大門開始慢慢打開。

世琳從無聲無息打開的那扇門，看見了一個左右有侍從保護的巨大身影。

雖然從那巨大的身影背後有光線照射出來，頂多只能看到他的輪廓，但是世琳可以看得出來，對方是一名非常年長的老人。

而且她也不難猜到對方的身分。

Episode 20 寶物倉庫

「燃族長！」

昏倒在地的維娜像是在幫世琳確認心中的猜測一樣，好不容易回過神來喊道。族長和侍從以接近爬行的速度緩緩朝他們走來。

世琳很快就明白了原因。

燃族長年事已高，就連站著都看起來搖搖晃晃。他的臉上布滿了老人斑和皺紋，明顯已經疲憊不堪。

「族長！」

後來才逐漸恢復意識的妖怪們紛紛跪地迎接族長，最終，族長只走了幾步路便氣喘吁吁地停了下來。

「族長！您要多保重身體啊！」

維娜自己傷得更嚴重，卻仍擔心族長的健康。族長面露溫和微笑，用極其微弱的聲音說道：
「哈爾拉・摩・奈兒。」
世琳聽不懂他說的話，但大致猜得到是在說「我沒事」之類的意思。族長的手開始發光。
從族長手裡散發出來的光芒包住了世琳也包圍了維娜，還包覆所有倒在地上的妖怪。世琳立刻感受到身體在慢慢恢復，原以為自己永遠起不來的維娜，也抖掉了身上的殘骸站起身。
她本想立刻跑向族長，但還是先走向了渾身發抖的杜洛夫，狠狠打了他後腦勺一下，將他打暈，然後才走到族長面前，跪地說道：
「抱歉，本來不想讓您操心的，是我太無能。」
族長搖搖頭說：
「托爾・波・戴爾莉亞。」
接著，他用手指向世琳。
「貝拉・素・勘塔。」
維娜轉頭看向世琳。

「族長說想要見見妳。」

「我？」

世琳吞了一口口水。維娜點了點頭，世琳朝族長的方向走去。族長的身高約莫是世琳的兩倍高，他渾身散發著讓人不敢直視的氣息。世琳自動低下頭。

「貝勒焉・模哈・科托科・詹・尼樂哈。」

「族長問妳的願望是什麼？」

維娜直接協助翻譯。

「我……」

世琳思考片刻，她早已想好一個願望，就算思考再多次，也找不到比這更好的願望了。沉默許久的世琳終於開口。

「請給我像伊莎一樣愛我的人們。」

「吼讀？」

「族長問妳真的嗎？」

世琳好不容易鼓起勇氣，看著族長的眼睛點頭。族長轉過沉重的身軀，看向頂樓公寓。他伸出手，周遭的地板開始輕輕震動。

「噠噠噠噠。」

那是從頂樓公寓最深處的另一扇門傳出的開門聲。門後方是一片輝煌燦爛的寶石和金銀珠寶。那裡整齊擺放著超多顆寶珠，比世琳至今看到的還要多。族長伸手輕輕一揮，其中一顆寶珠就像被磁鐵吸引似的飛到了他手中。族長將這顆寶珠放到了世琳的手掌心上。

「這是……」

世琳欲言又止，並不是因為寶珠很神奇，也不是因為她不滿意。而是因為那顆寶珠很眼熟。那是世琳初來這裡時，在不幸當鋪裡典當掉的寶珠，那條隨身攜帶的花紋手帕也依然包裹著寶珠。

世琳的目光從寶珠轉向了族長，族長一臉已經讀懂世琳眼神意涵的表情。

「加摩．德．拉坤特拉。」

「族長說那顆寶珠裡就有著妳剛才說的願望。」

世琳不知道該說什麼，愣在原地，族長吃力地又向她邁出了一步。族長將手放在寶珠上，依舊用聽不懂的語言低聲呢喃。

然而，這次無須翻譯。

因為那對世琳來說是非常熟悉的一句話。

「德魯．艾普．朱拉。」

＊

一名女子在一棟看似是餐館的建築物裡洗碗。如果只看皮膚會覺得她大概四十來歲，但由於白髮沒有染黑，所以顯得更老一些。她似乎是有急事，馬不停蹄地清洗著碗盤，腰桿一次都沒打直過。

這時，一名看起來像是老闆的年邁男子走了進來。

「今天是妳大女兒的開學典禮吧？快去參加吧。」

女子正好沖洗完最後一個盤子，急忙脫下橡膠手套。她向老闆道謝完便急忙準備離開，但男人叫住了她。

他遞了一個白色信封給她。

「沒什麼，小小心意，就當作是妳的獎金吧，買雙襪子穿也好。」

女子低頭看了看自己的腳，破舊的拖鞋上有著已經縫縫補補好幾回的襪子，又再次破了個洞。

女子沒有婉拒，而是頻頻道謝，然後走出了廚房。她急忙脫下圍裙，收拾好包包便走了出來，卻不小心撞上了正在餐廳外場端盤子的另一名服務生。

「阿姨，妳也真是的，怎麼不小心一點。」

女人對著比自己年紀小很多的服務生不停道歉，然後用濕紙巾擦去了衣服上沾染到的食物汙漬。儘管沒有完全擦乾淨，但她看了看手錶，還是快步走出了店外。

她的目的地是一所高中，校門口掛著「第三十七屆新生開學典禮」的橫幅布條。另一條尚未取下的布條上則寫著最近畢業生考上的大學校名，從密密麻麻的名單來看，應該是一所聚集著許多好學生的名門高中。女子經過校門口，不自覺地整理了一下衣著

學校前的操場變成了停車場，裡面停滿了平時在路上都難得一見的豪車和進口車，不過都沒有人下車，看來自己是最後一個到場的。女人匆匆趕往正在舉行開學典禮的禮堂。

所幸開學典禮還沒正式開始，她似乎看到了自己要找的人就在遠處。她的目光鎖定在一名留著短髮的女學生身上。

女人急忙穿過人潮，準備要靠近該名女學生，但她聽見了附近周遭的對話。

「妳爸媽沒有來嗎？」

看起來像班導師的男子問道。女學生猶豫了一下，點點頭回答：

「他們出國去旅行了。」

也許是立刻看穿了她的謊言，男子沒有再多加追問，而是不發一語地拍了拍她的肩膀。

女子不敢再靠近，只能停在原地。儘管有人撞到她的肩膀與她擦身而過，她也像個人偶一樣一動也不動。直到開學典禮即將開始的廣播聲響起，她稍微猶豫了一下，最終還是走了出去。女子尷尬地用廉價手提包遮擋的部位，有著始終沒擦乾淨的泡菜汁。

女人沒有直接回家，而是去了附近的銀行。

銀行剛好是賦閒無人的時候，女子把餐廳給她要她去買雙襪子來穿的錢和存摺一起遞給了窗口櫃檯。拿回存摺時，女子的嘴角揚起了滿意的笑容。

存摺上用工整又充滿誠意的字跡寫著：

「世琳的大學準備金。」

場景再次切換。

這次是和剛才那名女學生年紀相仿的少女，孤零零地站在馬路邊。照理來說，這個時間學生理所當然應該在學校裡才對，但少女卻站在一間西服店前，觀賞著櫥窗裡的校服。旁邊有一名看起來年紀相同，身高卻高出一大截的朋友，身形骨瘦如柴。

「怎麼？妳想要重新上學了喔？」

身材乾癟的朋友嚼著口香糖問。

「最好是。」

少女嗤之以鼻，但她的目光卻一直停留在校服上。

「妳先走吧，我還有事。」

朋友目不轉睛地看了她一會兒，然後看見行人號誌燈由紅轉綠，立刻衝到了斑馬線上。

「好吧，那等一下見嘍！」

少女輕輕揮了揮手。朋友剛過馬路，她便推開西服店的門走了進去。

「歡迎光臨。」

手拿捲尺走來走去的裁縫師一見到少女，便熱情地向她打招呼，那是只有心地善良的人才會有的親切感。少女也禮貌性地做出了回應，開始環視店內。各式各樣的西裝被整齊地掛在衣架上，年邁的老闆面帶著笑容。

「那個……我想要買校服。」

「好，請往這邊。」

裁縫師帶她走到鏡子前，量了量尺寸，然後問她學校的名字。聽完少女的回答，原本正要走向倉庫的裁縫師問道：

「啊，校服的名牌上要寫什麼名字呢？」

少女毫不猶豫地回答，中途卻停頓了一下。

「金藝琳……啊，不對，是金世琳。」

「看來不是妳的名字？」

經營西服店超過三十年的老闆，不僅剪裁技術了得，就連察言觀色的能力也相當敏銳。

「是，這是要送給朋友的。」

「那應該是滿要好的朋友喔？」

少女閉上眼睛，似乎是沉浸在回憶當中。裁縫師猜測她應該是有什麼故事，所以沒有多作催促，而是靜靜地耐心等候。

少女的回答相較於一段漫長的思考，反而顯得有些簡短。

「是，她是我最好的朋友。」

＊

場景再次回到原點，但世琳無法抬起頭，流到下巴的眼淚一滴一滴落在地上。

周圍不知不覺間已經聚集了一群妖怪，他們圍繞著世琳，輕拍她的肩膀。

「該走了。」

這時，世琳才抬起頭，眼角上還殘留著急忙擦拭淚水的痕跡。

「謝謝大家。」

「謝什麼，我們才要謝謝妳呢。」

艾瑪緊緊握住世琳的雙手。

「要保重身體喔！」

「商店能被守住都是多虧了妳。」

「我已經吃過飯了，下次再一起吃吧！」

維娜直接用手摀住亂說話的馬塔嘴巴。

「雖然商店一片狼藉，需要重新整理，但希望有一天能再見到妳。」

「慢走啊～」

「路上小心。」

「快走吧！」

商店的妖怪們紛紛向世琳道別。世琳也一一回應，儘管心中有些不捨，但她知道自己時間已經不多了，因為時鐘裡原本滿滿的水早已不知去向，僅剩最後一滴水也在慢慢蒸發當中。族長耐心地等到最後一滴水即將消失前，才對世琳施了魔法，唸起咒語。

「大家再見。」

與此同時，世琳的身體也開始發出光芒。

她從腿開始逐漸消失，努力用眼睛記住妖怪們的模樣。

很快地，世琳像是陷入沉睡般慢慢失去意識，然後在愈漸模糊的意識裡，隱約聽見維娜的說話聲。

「族長說既然都要整修商店，不如把商店改名為『彩虹商店』，意味著像雨過天晴後出現的彩虹一樣，不論多麼艱苦的情況也不要失去希望。各位都同意嗎？」

「好！」

妖怪們異口同聲地喊道。

＊

世琳緩緩睜開眼睛。

「難道是作夢？」

但是周遭景象似乎與她剛來的時候沒什麼不同，不論是周圍的風景，還是破舊的廢墟，都一模一樣。只是那時是傍晚，現在是黎明。

帶著濕氣的清風拂過她的臉頰，清新的空氣充滿整個胸膛。

世琳不經意抬頭仰望東方的天空，久久移不開視線。

因為在明朗的天空中出現了一道比任何時候都還要清楚鮮明的彩虹。她徹底陶醉在這道彩虹中，就連手裡的東西也是等很久之後才意識到。

她的手裡拿著一顆小寶珠，被一條老氣的舊手帕緊緊包裹著。世琳緩緩解開了綁結。

果然，寶珠還是她初次寄放在當鋪時空空的樣子。

然而，世琳並沒有露出失望的神情，反而像拿到世界上最珍貴的寶物一樣，將它捧在胸前。

這段期間，天色也變得愈來愈亮。

而在透明如玻璃的寶珠上，反射著天空中那道清晰的彩虹。

Episode 21 彩虹

「世琳，沒見到妳的這段期間，怎麼突然進步這麼多？」練習踢腿時，經過的跆拳道教練驚訝地讚嘆道。

「難道是去哪裡接受了特訓？」

「嗯，可以這麼說吧。」

世琳敷衍地回答。教練站在世琳旁邊好長一段時間，其他學生也紛紛對她產生好奇，其中也包括世琳心儀的那名男同學。

「世琳，祕訣是什麼？」

「嗯？」

「就是妳剛才說的啊，到底是怎麼訓練成這樣的？」

「喔……」

世琳明白了他的意思，但有點不知所措。

「妳真的有另外接受什麼訓練嗎？」

「那個……其實……」

世琳本來想隨便敷衍過去，但還是決定向他坦白。

「我家住在很高的地方。」

男同學想了一會兒，說：

「原來妳住豪宅公寓啊？」

世琳糾正了他的錯誤猜測。

「不是，是在山坡上的房子，也有很多樓梯……」

男同學似乎還需要一些解釋。

「你應該也知道吧？就是那個政府預定的重劃區……」

「喔！」

他像是終於明白的樣子，點了點頭。

「我每天都要爬那裡的樓梯，所以可能無意間鍛鍊到腿部力量。抱歉，沒什麼特別的訓練。」

世琳覺得彷彿被別人窺探了隱私，害羞地低下了頭。然而，出乎意料的是，男同學一臉認真地回答：

「不會啊，那聽起來真的是很好的運動。可以的話，下課後就當作訓練，我們一起回去，怎麼樣？」

「什麼？」

世琳確信應該是自己聽錯，所以重新反問。然而，男同學說完自己想說的話便轉身離開。

「那就等一下見嘍！」

世琳愣在原地，要是被人看見還以為她大白天就喝了幾杯酒，因為她滿臉通紅。世琳慌忙地將視線轉移至窗外。

「啊……」

她發出了短暫嘆息。

原來是從早開始下不停的強降雨已經停止，漆黑的烏雲也已散去。

然後天空中彷彿約定好似的，依舊出現了彩虹。

世琳突然想起了某間商店和朋友們，也不曉得是因為與男同學有約，還是因為想起了美好回憶的關係，她的嘴角露出了一抹淺淺微笑。

穿過窗戶灑進來的一道陽光停留在她的肩上。

「我回來了。」

媽媽像往常一樣在家中埋首縫補衣物。

「世琳，那是妳的包裹嗎？」

媽媽指著放在鞋櫃前的紙箱問道。

「我看它的收件人是寫妳的名字，但沒看到寄件人的名字。」

世琳把紙箱翻來覆去地看了一遍。

「看起來很輕，應該是衣服……」

「啊！」

世琳這下才想到了什麼一樣，表現出一副知道的樣子。

「這應該是朋友寄給我的。」

「朋友？」

世琳彷彿已經拆開過包裹，充滿自信地回答：

「對，我最要好的朋友。」

媽媽歪了歪頭，繼續做著手上的針線活。

「我的女兒原來有很多媽媽不知道的朋友啊。」

世琳沒有說話，只有保持微笑。

「等等，那又是什麼？」

媽媽把老花眼鏡掛到頭上，朝世琳的方向走去。

「怎麼了？」

世琳跟隨著媽媽的視線，望向還未關上的大門。那裡有一隻來路不明的小貓從門縫間探頭出來。

「這是哪裡來的小貓？前陣子還看到一隻懷孕的流浪貓，難道是牠生的？」

聽聞媽媽的合理推測，世琳想起了自己拿一塊香瓜餵食過的那隻懷孕貓咪。當媽媽正準備要拿起掃把將小貓趕走時，突然停下了動作。

「不過還真奇怪。」

「什麼？」

「牠明明是貓，行為卻像狗，妳看牠搖尾巴的樣子，不覺得奇怪嗎？」

「對欸。」

世琳仔細查看小貓，回答得較為敷衍。

「天啊，妳看看牠，又沒見過妳，怎麼會這麼黏人？」

世琳還沒來得及脫掉鞋子，小貓就已經不停跨越她的腳，用身體來回磨蹭。世琳見狀很是開心，卻又突然臉色一沉。

「媽，我們應該……不能收養牠，對吧？」

雖然世琳認為媽媽一定不可能同意，但得到的回答竟出乎她意料之外。

「養貓？以妳的性格應該很難吧……。先說好大便是妳負責清喔！」

「真的嗎？好！」

世琳回答得非常大聲，害媽媽嚇了一跳，抖了一下肩膀。媽媽表示自己差點耳聾，責怪著世琳，但世琳嘴角上的笑容遲遲沒有散去。

「我們該幫牠取什麼名字好呢？」

「我已經幫牠取好名字了。」

「這麼快？妳可真是迅速。」

世琳這時才脫掉鞋子走進了屋內，然後開始和媽媽一起縫補襪子。

「媽，我覺得人生就像破洞的襪子。」

「看來我們家世琳長大了喔？還領悟到我不知道的人生。」
媽媽用半欣慰半開玩笑的口吻說道。
「讓我來聽聽看為什麼吧。」
世琳露出了淡淡的微笑。
「因為破洞的地方可以和珍貴的人一起縫補起來，對吧，伊莎？」
世琳看著一轉眼已經鑽進包裹紙箱內的小貓問道。明明才剛得到名字，小貓卻像是在自己家一樣舒適自在。
伊莎彷彿聽得懂人話似的，發出了長長的叫聲回答：
「喵——」

尾聲

大家好，歡迎收聽「閱讀故事的男子」。
今天要為各位閱讀的是一篇不願透露姓名的女高中生所傳來的故事。

大家好。
我是一名初次養貓的新手鏟屎官，
同時也是夢想加入跆拳道示範隊的女子。
雖然我的故事不一定會被選中，
但我只是有話想說，所以投了這封信。
我有一位雖然貧困但在縫紉方面非常出色的媽媽，

還有一個雖然住得很遠但心地善良的弟弟。

過去因為害羞所以一直沒能表達，
但我想在這裡對他們說：我愛你們。

然後，我其實比別人晚開始練跆拳道，
有些鄰居甚至會說女孩子學什麼跆拳道，
但我真的很想成為跆拳道示範隊的一員。

儘管現在還有許多不足，
但如果堅持下去，不放棄，總有一天會進得去吧？
我希望能實現。

寫著寫著，我都不知道自己在說什麼了。
果然我應該是沒有寫故事的才華。

但我還是點播一首歌曲好了。
畢竟世事難料，誰知道呢。

P.S. 順便向這次在梅雨季裡一起共度時光的朋友們問好。

真是一位可愛的聽眾朋友寄來的故事呢！她對家人和朋友的思念之情，就連我這裡都能感受得到。

她有在信中提到想要加入跆拳道示範隊，其實無論是追夢還是做自己喜歡的事情，都沒有所謂的「為時已晚」，因為隨時都可以「從現在開始」。

或許這就是為什麼英文單字「現在」（present）和「禮物」（present）是一樣的原因吧！

那麼，接下來要為各位播放今天最後這位寄故事來的朋友所點播的歌曲：

〈Tomorrow better than today〉

作者的話

「你的文字無法成為一本書。」

很久以前，我蒐集整理過一份出版社名單，並且向所有出版社寄出一封群組電子郵件，附在信裡的檔案是我寫的原稿，內容拙劣，於是收到了這句回信。儘管當時內心一隅感到既酸澀又疼痛，但是現在回想起來，只有充滿感謝。自那時起，我就不斷思考，究竟要怎麼做才能讓文字變成一本書，只要一有時間，就會出入書店和圖書館。

其實在那麼多事情當中，為什麼偏要寫作，我到現在都還是想不明白。難道是因為國中時期，為了避免被校園內所謂的流氓學生欺負，躲去體育館後方時，剛好手裡拿著的是小說的緣故？不然就是沒有考上自己想讀的大學，流連於漫畫店和書籍咖啡廳的印象實在太深刻？抑或是因為沒能考上準備多年的公職，然後把圖書館當成避難所，在那裡撫慰受傷痛苦的心靈所致。不管理由為何，我在其他人收起夢想的年紀開始嘗試作新的夢，寫作也成了我活著的理由。

然而，由於我不是文藝創作系畢業，也從未特地學過如何寫作，所以獨自一人寫小說終究不是一件容易的事。在毫無計畫下展開的第一場網路募款活動，我不僅沒有得到任何關注，獨立出版的書籍也因一本都沒賣出去，而收到地區型書店原封不動地把書退了回來。儘管我懷抱著一線希望，挑戰過各大徵稿活動，但是入圍者名單永遠都獨漏我一人。再加上我還尋找過可以幫助我出書的專家，結果反而賠掉所有積蓄。果然，我的文字的確無法成為一本「書」。

然後就在我抱持著「這是最後一次」的心態，再次挑戰網路募款活動時，第一次看見有人寫了閱讀心得。猶記那天，我熱淚盈眶，默默哭了許久。為了報答讀者，灰心喪志的我才得以重拾勇氣，坐在老舊的筆記型電腦前，然後在來往的地鐵車廂內、經常光顧的咖啡廳一隅，都有辦法開啟檔案，絞盡腦汁地發想。

究竟該寫什麼好呢？我一心希望寫一本閱讀完畢後會在心中留下溫暖的書籍；我想寫的故事是讀起來簡單有趣，卻又富含意義；要是我的故事能撫慰讀者受傷的心，讓大家能夠重新用充滿希望的眼光看待未來，那就更是別無所求。最終，靠著這樣的信念所完成的小說，便是這本《雨天營業的商店》。

用這本書進行的第三次網路募款活動，出乎意外地收到了許多關心與愛戴。儘管中間一度發生因書籍製作出問題而導致全面回收重印的事情，但幸運的是，有許多支持者透過留言與心得給予我加油打氣，募款活動才得以順利落幕，甚至還和過去總是拒絕我的出版社正式簽訂第一份合約。這一切的一切，對我來說都會是一輩子難以忘記的珍貴回憶。

《雨天營業的商店》在正式出版上市前，著實收到了許多人的幫助。

首先是選擇相信還有諸多不足之處的我，援助我一大筆金額的九百多名捐款人，以及在尚未正式出版前，就幫助這本書與海外知名出版社簽訂版權合約的

clayhouse尹聖勳代表，還有總是溫暖照顧我這玻璃心的金大韓總編輯、規劃書籍設計與安排出版過程的沈雅靜室長、設計封面繪圖的9Jedit繪圖師、大力協助製作這本書的「空間Corporation」孫彤石代表，由衷地感謝以上所有人。

然後最重要的莫過於，在看不見任何希望的時期給予我勇氣，使我得以繼續提筆寫作的朋友——世陳，我一定要向他好好說聲謝謝。

他總是始終如一的支持沒什麼特殊才能的我，從「雨天營業的商店」標題，到成為梅雨商店背景的風景，都是透過這位朋友講述的夢境讓我得到素材靈感。幸虧有他，我才會在兼做電話客服與外送工作的情況下依舊沒有放棄寫作，一直寫到為故事畫下句點為止。

最後，我想要誠心誠意地向心愛的家人以及閱讀這本書的讀者們表達感謝。儘管從外表看不出來，但是我們每個人一定都帶著各自的煩惱與擔憂過每一天，假如此時此刻，有人正在朝這世界邁出辛苦的步伐，希望這本書多少可以傳遞微弱的安慰與希望。就算偶爾覺得看不見明天、彷彿世界上只剩下自己，我依然相信，對於某人來說，我們都是極為珍貴的存在。儘管偶有傾盆大雨的日子，但我依然會真誠祈禱，不久之後，絢麗的彩虹將高掛天空。

願我的文字，能成為幫助各位找到專屬光芒的「彩虹寶珠」。

二〇二三年　夏

劉永光

韓流精選 3

雨天營業的商店
비가 오면 열리는 상점

雨天營業的商店 / 劉永光著 ; 尹嘉玄譯. -- 初版. -- 臺北市 : 春天出版國際文化股份有限公司, 2025.01
面 ; 公分. -- (韓流精選 ; 3)
譯自 : 비가 오면 열리는 상점
ISBN 978-626-7637-02-9(平裝)

862.57 113018587

ISBN 978-626-7637-02-9
Printed in Taiwan

作　　者　劉永光
譯　　者　尹嘉玄
總 編 輯　莊宜勳
主　　編　鍾靈

出 版 者　春天出版國際文化股份有限公司
地　　址　台北市大安區忠孝東路4段303號4樓之1
電　　話　02-7733-4070
傳　　真　02-7733-4069
E－mail　bookspring@bookspring.com.tw
網　　址　http://www.bookspring.com.tw
部 落 格　http://blog.pixnet.net/bookspring
郵政帳號　19705538
戶　　名　春天出版國際文化股份有限公司
法律顧問　蕭顯忠律師事務所
出版日期　二〇二五年一月初版
　　　　　二〇二五年六月初版四刷

定　　價　399元

總 經 銷　楨德圖書事業有限公司
地　　址　新北市新店區中興路二段196號8樓
電　　話　02-8919-3186
傳　　真　02-8914-5524
香港總代理　一代匯集
地　　址　九龍旺角塘尾道64號 龍駒企業大廈10 B&D室
電　　話　852-2783-8102
傳　　真　852-2396-0050